歡迎來到奇異餐廳

③

決戰之日

金玟廷
莫莉／譯

目次

32

阿卡西婭小姐的全新開始

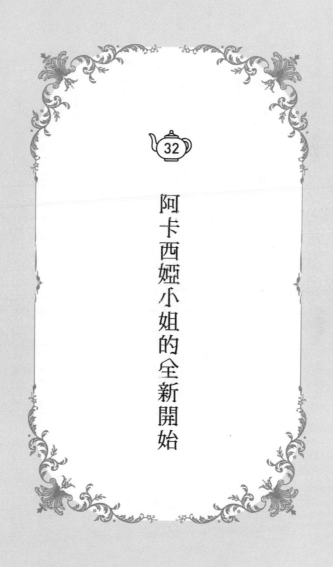

擁有一雙蜘蛛腳肢的阿卡西婭小姐，無法像以前那樣跳舞了。蜘蛛腳太過纖細脆弱，無法支撐她的身體重量，跳舞的基礎是必須維持身體重量的平衡。最後她將自己的雙手與其餘腿部全都替換成蜘蛛的四肢，為了配合細長的四肢而消瘦的身軀浮現出明顯的肋骨形狀，看起來詭異又醜陋。

哐啷！鏡子破碎的聲音尖銳響起，練習室裡散落一地的玻璃碎片，如湖光般閃爍亮光，阿卡西婭小姐無法待在被鏡子環繞的練習室裡超過一分鐘，當她一踏進練習室，隨即被奇醜無比的幽靈自四面八方包圍，那些醜陋的幽靈正是她自己的倒影，阿卡西婭小姐真想咬舌了結自己的性命。其他芭蕾舞者站在門邊，個個面露不耐煩，這已經是第十二間房間了。

阿卡西婭小姐身體顫抖，走在玻璃碎片上，她那瘦骨嶙峋的身體猶如隨時會跌倒般搖搖欲墜，她坐在玻璃碎片堆成的小山上，撿起掉落一旁的芭蕾舞鞋湊近腳邊，然而蜘蛛腳掌太過纖細，果然無法穿上芭蕾舞鞋，她放聲大叫、痛苦悲鳴。

在一旁看著她的芭蕾舞者當中，一名女孩深吸一口氣說：

「阿卡西婭，雖然真的很遺憾，但妳還是試著接受……」

剎那間，一塊銳利的玻璃碎片飛向舞者的臉龐，正中眼睛下方的皮膚，鮮紅的血液如顏料般滴落下來，原本身陷絕望，整個人跪倒在玻璃上的阿卡西婭小姐猛然仰頭，雜亂的髮絲間露出一道凶狠的目光，眾人因那道眼神無不震懾在地，那是被絕望吞噬的雙眼，整顆眼球血管爆裂，瞳孔放大如失去理智的人一樣無法聚焦。

阿卡西婭小姐緊盯著舞者們緩緩站起身，那副只剩皮膚的身軀，清晰可見肋骨的弧度，她前後搖晃地走近她們。細長的蜘蛛四肢以不自然的方式擺動，整個人像一台故障的機器，踏著詭譎的步伐前進，相當驚悚。

「閉嘴，我叫妳閉嘴，全都閉嘴、閉嘴、閉嘴。」

阿卡西婭小姐強忍著委屈與憤怒，她的聲音聽來像是隨時就要爆炸般低沉，冷不防的尖銳笑聲劃破空氣。

「開心吧？開不開心？妳們應該洋洋得意吧？」

淚水在眼眶打轉，眼神如焰火焚燒。

——試著接受？

阿卡西婭小姐放聲大笑，她們在嘲笑她，其實是要她別白費力氣，趕快接受現狀比較快，只是礙於禮貌，不好直言罷了，阿卡西婭小姐瞬間想衝上前撕破她們虛偽的假面具。

「妳們總是覺得比不上我，看到我現在的慘況一定暗自竊喜吧？」

沒有人出聲否認，眾人一致露出傲慢的表情注視著阿卡西婭小姐。

「不過就算我的脊椎斷裂或是肋骨破碎，妳們永遠無法跳得比我好看，妳們練一輩子也比不上我的實力。」

阿卡西婭小姐打從心底如此輕聲說道，這句話如同最後的安慰，也像一道詛咒，然而舞者們不為所動，眼神充滿恥笑。

「妳乾脆加入隔壁帳篷的馬戲團好了。」

「妳不是能吐絲嗎？去幫人家織布也行啊。」

阿卡西婭小姐聽到舞者們講出不堪入耳的嘲弄，發狂似的奔向她們，可是她很快就失去平衡，跌落在地，阿卡西婭小姐趴在地上大聲哭喊，無論誰聽了這道聲音都會感到萬般絕望，哭喊聲很快轉為啜泣，那名痛失美好四肢的芭蕾舞者哭泣了好一陣子，將心裡所有的悲傷全都傾吐而出。

那天之後，阿卡西婭小姐被逐出舞團，她在大型媒體與數百名觀眾前摔斷腳掌，這齣慘劇以最快的速度大肆宣揚至妖怪島的每個角落，她再也不是芭雷舞者，是名貪心過度進而輸掉自己的敗者，最終淪為眾人的笑柄，有人譴責她，也有人同情她，這些都使她噁心得受不了。

最後她逃往黑暗森林，她攀上高聳入雲的樹幹，吐出蜘蛛絲，那副彷彿隨時會跌落的四肢在空中搖搖晃晃，來回編織著透明細長的蜘蛛絲，漆黑的天空下，她那怪異的身子來回穿梭，搭起了一座與世隔絕的帳篷。

她把自己關在親手建立的白色監獄，她厭惡自己的蜘蛛絲，那密密麻麻填滿視線的雪白絲線，以及只要輕微一搖就晃動的空間，都讓她噁心得忍無可忍，四周全是緊密纏繞的白線，一無所有。咚，成織的白線以同樣的姿態搖晃著，那晃動的姿態讓人眼花撩亂喘不過氣，彷彿要震碎全身般令人畏懼。抑制不住的哭喊聲自喉間傾洩而出。她感受到整張蜘蛛網隨她的抽泣而震動，振幅透過數億條絲線傳來，那是無止盡的憤怒與失控，全都衝向阿卡西婭小姐的每一處皮膚，難以承受的龐大情緒在她心中爆發，阿卡西婭小姐再也承受不了。

她整個人劇烈扭動，拱起胸口，使整副肋骨暴露於皮膚之下，奮力將蜘蛛手高舉過頭，把一條腿往後拉展，使脊椎彎折，整座身軀如故障的機器，暴力地被扭曲，她盡可能地想伸展手指，但連這樣簡單的動作都使她滿頭大汗，她感受到全身上下的關節似乎都在流血，而這僅是伸長一條腿的腰部動作罷了。

當她認知到光是一個簡單的伸展動作就如此吃力時，阿卡西婭小姐陷入徹底的絕望當中。不知不覺，她嚎啕大哭地跳著舞，回想著這原本該是多麼美麗又渾然天成的動作，如今她只能沉浸在思念與絕望之中，儘管動作時都得忍受蜘蛛絲震動的恐怖觸感，她仍無法停止舞動，她失去所有的理性，將腦海裡的絕望投射於舞蹈。

她就這樣不止歇地跳了好幾天的舞，強烈起伏的肺部和浸濕身體的汗水使她不得不停下時，她在巨大的絕望感中感受到了些許的希望。首先，雖然只是極為細小的變化，但她發現自己的動作流暢許多。再來，她的這雙手腳還是可以跳舞的，最後，雖然她的外型無比醜陋，但她仍是一名芭蕾舞者。

儘管只是不起眼的發現，但足以讓阿卡西婭小姐再次擁抱希望，她用顫抖的手拔出蜘蛛絲，為了再次跳舞，她需要將自已擁有的一切變得更加美麗，也必須愛惜它們，阿卡西婭小姐壓抑喉間湧上的噁心感，小心翼翼輕撫蜘蛛絲網。

那天之後，阿卡西婭小姐緩慢地建立起像樣的日常生活，她偶爾會到市區填飽肚子，靠報紙了解時事，將絕大部分的時間集中於在蜘蛛網上跳舞，她耗費很長的時間與努力去接受身體的變化，每當她看著自己的蜘蛛網，心生厭惡時，她就瘋狂洗腦自己有多愛這片蜘蛛網。同時她也需要相當的勇氣與耐心，來直視自己醜陋的外型，長達好幾年的時間，她不屑一顧森林清澈透明的湖水，也經常打破市區裡的玻璃窗或鏡子。她的變化也顯現在舞蹈，現在的她，比起展現身體柔軟的姿態，更致力於用每條筋骨詮釋內心深處沸騰不已的情感，阿卡西婭小姐並非從此喪失芭蕾舞者的身分，她反而蛻變成更具實力的舞者。

某一天，當她在市區裡一邊用餐，一邊瀏覽報紙時，一個熟悉的名字抓住她的目光，即便本來就是個常見的名字，經常在報章雜誌上出現，但阿卡西婭小姐知道這次真的是「他」。報導描述湯姆不僅能隨意改變外型與聲音，還擁有最強大的力量，甚至可以將所有人迷得神魂顛倒，阿卡西婭看著報導，一股難以言喻的心情油然而生，在不見的幾年間，他不斷成長，開始在妖怪島上發揮驚人的支配力，報紙刊登的照片裡能見幾名妖怪對他俯首帖耳、雙膝跪地，以可笑的方式將手高舉過頭，膜拜湯姆。

阿卡西婭小姐並沒有將視線停留太久，隨即翻過報紙，另一面刊載曾經隸屬的芭蕾舞團的新聞，下個月他們即將在街邊的帳篷舉辦史上最具規模的表演，阿卡西婭小姐看著上頭的字句，低聲怒罵了幾句，自從曾是舞團裡最具知名度的她缺席後，他們仍若無其事地進行演出，似乎完全不在乎失去她這顆燦爛星辰。

她恍然想起在舞團裡的風光時刻，當時她在舞台上的模樣多麼美麗動人，又是如何將觀眾的五官與會場的氣氛操縱如流水，那股戰慄又真實的快感橫掃細胞，光是想像就使人熱血沸騰，阿卡西婭小姐難掩興奮之情，嘴角輕輕往上勾，她的腦海浮現一個有趣的想法，這個想法逐漸深植、醞釀，使她全身振奮不已，阿卡西婭小姐露出燦爛的笑容，再次看了一眼那篇報導。

——所以演出的日期是什麼時候？

阿卡西婭小姐選定了與芭蕾舞團同一天、同一時間、不同場所進行單獨的公演，消息一出隨即被各大媒體爭相報導，幾年前以不堪的方式在觀眾面前消失的她，如今要以蜘蛛四肢重新站上舞台的驚人消息，在一夕之前成為眾人的討論話題，她光是以「當年的阿卡西婭」的名號，就能輕易租借到表演場地和衣服，也很快就募集好相關的工作人員。

阿卡西婭小姐用眼角掃過湖面，光是短短不到一秒的時間，就猶如被火燒燙般地蜇人。她看到那雙彷彿隨時會斷掉的細長四肢、身軀上凹凸不平的骨骼起伏，憔悴臉龐上散落的凌亂頭髮，讓人毛骨悚然的空洞瞳孔。在湖面的倒影裡，找不到一絲曾在舞台上迷倒眾生的那名芭蕾舞者。這將是阿卡西婭小姐在擁有蜘蛛四肢後首次在世人面前跳舞，她冷靜過後突然感到一陣恐懼，即使自己使盡全力用這副身軀跳舞，大家真的能將這樣的芭蕾舞視為藝術嗎？自己真的有資格將這副醜陋的軀體與「芭蕾舞」這個崇高的名字相提並論，並且站上舞台嗎？

——說不定比起舞者，更適合當小丑。

她回想起最後那次舞台的記憶，那天的一切，甚至是再微小不過的事物也深深刻畫在她的腦海，她記得當她揮舞手臂、舞動腳肢時，觀眾那幾乎靜止的呼吸，當她在舞台上躍動、旋轉時，流經她身邊的空氣與觀眾目不轉睛的視線，還有當她的腳掌斷裂時，那些美好事物如何在轉瞬間崩塌，快門聲、嘲諷的笑聲、厭惡的尖叫聲，那一刻感知到的每樣事物鮮明地回到身體的每一寸皮膚，她的全身豎起寒毛。

記憶的碎片綿延不絕，緊緊纏繞，她被噩夢般的回憶束縛得痛苦難耐，無法呼吸，她亟欲想掙脫這場夢魘，全身痙攣的她逃離湖水邊，攀回蜘蛛網，在那令人噁心又令她不齒的痛苦產物內，她徹底釋放所有的情感。

她不明白自己在想什麼，怎麼會做出如此魯莽的決定，阿卡西婭小姐因為受不了舞團對於她的缺席不為所動，也對當時的大眾懷抱著憤怒與不滿，一氣之下衝動發出了表演公告，她甚至想打去新聞社，一派輕鬆地說一切只是玩笑話，後悔和不安充斥阿卡西婭小姐的腦袋，層層堆疊的落葉無情地覆蓋她，眼前一片混亂。

為了趕走複雜情緒，阿卡西婭小姐開始跳起舞，她如散落一地的枯葉，搖晃身軀輕輕起舞，她閉上雙眼，光著雙腳遊走於她編織的王國，呼吸依舊紊亂，胸口仍快速起伏。

——其實我一點也不後悔。

她清楚明白自己是出於何種心態下了這個決定，並且動手打電話昭告媒體的。不僅僅只是出於對舞團的憤怒，更是極度惦念站上舞台跳舞的感受，那股深入骨髓的牽掛支配她的意念，牽動她的一舉一動。阿卡西婭小姐繼續跳舞，無論如何，她仍跳著芭蕾舞。

演出的那天終於來臨，噪音隔著布簾傳來，不過無從得知有多少觀眾入場等待。阿卡西婭小姐呼吸急促，心臟跳得飛快，全身彷彿要爆炸似的，難以控制的緊張感使她的胃翻攪不止，就連在舞台上摔斷腳的那天也沒有如此緊張，她不斷哆嗦發顫。不久後，大家開始呼喊她的名字，阿卡西婭小姐緊閉雙眼，戰戰兢兢地踏出步伐，周遭一片漆黑，宛如幾年前她將自己關進的森林般伸手不見五指，隨後感受到空曠的空間，她的呼吸更加急促不已。

被黑暗籠罩的會場一片寂靜，忽地一道光灑下，光的盡頭是以優雅姿勢躺在蜘蛛網上的阿卡西婭小姐，她緩緩抬起頭。不羈的微笑顯得從容，由高處俯視觀眾的眼神裡，閃爍著喜悅與自信的光芒，她清楚明白自己的華麗回歸有多迷人。此時此刻，她比任何時候都還要美麗動人又完美無缺，她已準備好驚豔世界。

阿卡西婭小姐一出場，觀眾無不又驚又喜，那名閃閃發亮的舞者與他們的記憶如出一轍。鋼琴抒情的伴奏緩緩流瀉，阿卡西婭小姐慵懶地輕倚蜘蛛網，她舉起藏在長袖內的手臂，隨著悠揚的樂音擺動，她看著觀眾忙於想從自己柔和的動作中，找尋奇怪之處的神情，嘴角掠過微妙的笑容。

搭配平緩的樂音，阿卡西婭小姐緩緩起身，她仍俯視著台下觀眾，將藏於蜘蛛網的身軀，展現於明亮的光線中，她靜靜讀著空氣中困惑、衝擊、害怕、厭惡、著迷，那些如蜘蛛絲般透明又蜂擁而至的觀眾情緒。在優雅輕柔的鋼琴演奏中，響起了另一段演奏——是彷彿會劃破空氣般尖銳的小提琴樂音。沉靜柔和的鋼琴旋律，和熱情又急促的小提琴聲交織在一起。阿卡西婭小姐開始在蜘蛛網上爬行，蜘蛛手臂與腳肢盡情地在網上攀爬，腰背也隨前進的律動起起伏伏，整座軀體怪異無比。

待她站上舞台地面後，阿卡西婭小姐沒有望向觀眾一眼，全心全意集中在芭蕾舞上，她的手來回揮動於空，彎曲腳掌踏步於地，毫不受限的怪異舞姿既詭譎又美麗，無法辨別她的舞步是跟隨矛盾樂音中的哪一方，她的姿態優雅又具攻擊性，奇妙地配合著節奏舞動。有時蜷起腰部，步伐搖晃；有時彎起四肢，在空中盤旋，而在下一秒，燈光瞬間熄滅。

觀眾們因突如其來的黑暗陷入恐慌，究竟是因為場地設備的問題，還是舞者太久沒有站上舞台，因此落荒而逃了呢？觀眾們各自懷著疑問和猜測，議論紛紛。隨後，觀眾在天花板上發現了阿卡西婭小姐，漆黑的會場裡僅能看見阿卡西婭小姐，除此以外，別無他物。起初各自流瀉的樂音，轉眼間匯聚成一首和諧的樂曲，震撼了整座會場。觀眾席與舞台的界線已被徹底抹去。

阿卡西婭小姐來回穿梭於天花板、觀眾席前、走道等地，不侷限自己的舞台位置，觀眾們的目光也緊抓她的身影不放。奇異又極致美麗的動作如小型颱風橫掃整座會場，當阿卡西婭小姐回到舞台上的初始位置時，燈光也隨之亮起，全場觀眾瞬間陷入驚愕之中。

觀眾席的每個角落，全被密密麻麻的蜘蛛絲緊密纏繞，被白色絲線包覆的觀眾們不敢輕舉妄動，彷彿只要伸出一根手指就會被絲線黏住，阿卡西婭小姐裝作在舞台外跳舞，實際上是為了在黑暗中編織這一大片蜘蛛網。

觀眾們猶如在白色巢穴裡四處張望的幼鳥，四周盡是嚴密交纏的蜘蛛網，他們被關在一座精心編織的監牢，恐懼感隨即湧出。觀眾抬頭朝天花板望去，看見阿卡西婭小姐對他們露出雪白的牙齒，嘴角還勾起耐人尋味的笑容，觀眾們個個心生畏懼，意識到自己彷彿被蜘蛛捕獲的昆蟲，在那白色監牢之上，陰森邪惡的眼神閃著刺光，那道笑、那雙眼隱含的瘋狂之氣，讓觀眾甚至想發出尖叫聲，拔腿奔出會場，但是沒有人逃得出去，因為他們一個個都被蜘蛛網緊緊巴住身體。

阿卡西婭小姐不急不徐地移動身體，可怕的微笑沒有消失，她移動細長的四肢在蜘蛛網上行走，看起來像隻真正的蜘蛛，觀眾們把自己深埋進座位裡。阿卡西婭小姐緩緩降下，觀眾們幾乎快要不能呼吸，只見阿卡西婭小姐欣喜地挑選獵物，當她釣起一名全身顫抖的孩子時，燈光也在同一時間熄滅。

在一片漆黑的會場裡，沒有人吭聲，也沒有人敢輕舉妄動，耳裡只聽得見孩童彷彿被撕裂般的痛苦叫聲，尖銳地環繞整座會場。

恐懼操控會場裡的所有人。燈光忽地亮起，阿卡西婭小姐站在舞台上，朝向觀眾深深一鞠躬，表達謝意。此時，那名孩童出現在陷入混亂的觀眾前，滿臉笑容地向大家揮手，表演正式結束，全場歡聲雷動。

阿卡西婭小姐久違地感受到演出後的強烈餘韻，以及血脈賁張的悸動，胸口的起伏久久未停，觀眾替她歡呼的模樣，在刺眼的聚光燈後依稀可見，她的臉頰染上紅暈，猶如回到過往的時光，輕飄飄的感覺使她有些恍惚，她徹底體悟到自己真實活著，生命的意義與鮮明無比的刺激感掃過她的全身上下。

很快地，大批記者媒體湧至她的面前，阿卡西婭小姐露出聖人般和藹的微笑，以前的她在表演結束後，一概不理會記者提問，但現在她想充分享受這榮光的一刻。她仔細聆聽此起彼落的問題。當時遺失雙腳的感受如何、接上蜘蛛四肢後的困難之處、如何克服困難的、鼓起勇氣舉辦演出的理由為何……

阿卡西婭小姐呆愣在地，她收起微笑不發一語，記者們見狀更加激動地大聲提問，而她只是盯著他們激動的神色，仍閉口不語。沒有人讚揚她的舞蹈有多麼美麗，或詢問她這場演出的編排有何寓意、她是抱著何種心情跳舞、抑或是詢問關於舞蹈的藝術問題等等，記者們唯一好奇的僅是她賺人熱淚的心路歷程。

熾熱的雙頰頓時冷卻，儘管她依然心滿意足，但苦澀的海浪卻陣陣拍打上岸，澆熄澎湃的心，阿卡西婭小姐丟下持續高喊她名字的觀眾，沉默地轉身離去。

當她打算前往更衣室換下表演服裝時，門邊傳來敲門聲，阿卡西婭小姐停下腳步，回頭望去，她明明將蜘蛛網編織得相當緊密，觀眾們不可能以這麼快的速度來到這裡。

「你是怎麼來到這裡的？」

直接了當的問句劃破空氣，換來一陣短暫的靜默，不久後，一陣低沉的聲音自門外傳來。

「……我變成牙籤過來的。」

阿卡西婭小姐心頭一震，她像是被牽引般打開了門，一束花湊向她的臉龐，湯姆的臉頰浮現酒窩，溫柔笑著。

「今晚妳的舞太美妙了，使我不得不來找妳。」

阿卡西婭小姐的雙頰再度紅潤發燙。

❧

表演結束後，阿卡西婭小姐不再待在森林裡。她用這幾年來累積的財富買了一間房子，裡頭設有許多練習室，打造成一座專屬於她的城池，她將表演那天湯姆送的花束放在美麗的花瓶內，花兒綻放耀眼的生命力，那是當天她唯一收到的花束。

叩叩。

阿卡西婭小姐聽到門外傳來的敲門聲，她像心意被發現的少女般，趕緊藏起澆花瓶，因為會拜訪她的客人只有一位。

「湯姆，你怎麼來了？」

阿卡西婭小姐應門，裝作若無其事。

「今天的報紙刊載了妳表演當日的報導，我在雜貨店等著報紙送達，想說要馬上買來給妳。」

湯姆露出微笑，搖晃手上的報紙，她接過那份報紙坐在沙發上，湯姆也跟著她走進屋內，坐在她的身旁。阿卡西婭小姐大略瀏覽報紙的內容，與她所想的相去不遠，清一色形容阿卡西婭小姐歷經多麼痛苦的努力才走出陰霾，整篇報導寫得催人淚下。阿卡西婭小姐回想起那天自己沉默以對的態度，再看看記者們發揮創意力的產物，不自覺發笑。

「她的舞台處處展現自煎熬的痛苦中蛻變的模樣，蜘蛛四肢的舞動，即使奇異卻美麗……」

只有這兩句老套的話。

「難道關於我的舞蹈，就只有這兩句話嗎。」

阿卡西婭小姐口中唸唸有詞。

「記者們漸漸不明白到底什麼才是最重要的事了。」

湯姆摟著阿卡西婭小姐的肩膀，輕聲細語說道。但是她卻聽不進去，只是浮躁地抓頭髮，不斷喃喃自語。

「如果其實是我太固執怎麼辦？啊，若真是如此，湯姆，拜託你一定要告訴我，別怕會傷到我所以不說，就算我的舞步已經不能被稱為芭蕾舞，你也要現在馬上告訴我，這樣才真的是為我好。說不定我從遺失雙腳的瞬間就不該再度跳舞的，會不會這一切都是我的貪欲使然……」

「阿卡西婭小姐。」

堅毅的聲音打斷無意識的自我質疑，長長的髮絲垂至膝蓋的阿卡西婭小姐抬起頭，呆望著湯姆。

「我不會將花朵浪費在不美麗的事物上。」

湯姆那雙漂亮的眼睛，盯著花瓶看去。

「這幾年當我環遊世界時，的確欣賞了許多美好的事物，但那天妳所呈現的『舞』，是我發自內心覺得美麗的事物。」

甜美的嗓音、輕柔的語調，縈繞著兩人。

「記者們原本就只會挑選刺激性的標題撰寫報導，這個社會接受變化的速度仍然相當緩慢，但是絲毫不影響那天妳是最美麗的芭蕾舞者的事實。」

這番話讓人輕飄飄，眼前一片朦朧，但阿卡西婭小姐無法認同。

「別說謊了，關於舞蹈，我可是比任何人都還了解。現在的我根本無法比擬當時的我。」

她自嘲似的笑了起來，只見湯姆輕輕勾起嘴角，浮出有些壞意的笑容，他心想，阿卡西婭小姐是從何時開始擁有如此豐富的表情呢？

「跟過去有所不同，就無法被稱作美麗的話，豈不是對於活在當下的人們太不公平了嗎？妳只是跟以往不同罷了，並且是以不一樣的方式展現美麗的一面。」

雖然阿卡西婭小姐嘲笑自己，但其實她期待湯姆能否定她的自嘲，難道是被湯姆看穿她的心思了嗎？湯姆講出了她內心深處最渴望聽到的話語，阿卡西婭小姐春心蕩漾，希望在胸懷裡萌芽，湯姆深情地看著她。

「妳以後還會更加美麗，務必要相信這一點。」

湯姆聲音非常溫柔，臉上露出酒窩，每當聽見這些動人的話語時，阿卡西婭小姐都想在他的酒窩上留下一吻，同時也對擁有這種想法的自己感到訝異，她趕緊打消這種念頭，恢復平時的冷靜與高傲的自信。

她翻過討人厭的報導，快速瀏覽幾則標題，將目光停在某一則報導。上頭刊載了關於湯姆的追尋者與犧牲者等等的相關報導，新聞描寫湯姆擁有多大的力量，並且是多麼具有魅力的存在，字字句句顯現對湯姆的敬畏與驚奇，阿卡西婭小姐真心感到讚嘆無比。

「湯姆，你成長的速度真是不同凡響。」

那個曾由黏土所造的骯髒小男孩，如今已長大成人，淬鍊成任誰都無法置信曾經是一塊黏土的成熟男人。

「這是我身體的法則，愈是被愛，身體就愈強大。變強的程度沒有限制，因此自然而然地擁有不受限的力量與才能。」

「例如呢？」

湯姆陷入短暫的思索。

「最近我擁有能讀出對方心思的能力。」

阿卡西婭小姐想了想湯姆的能力究竟能多強大。但很快的，她不再多想，而是反覆浸淫在那幾句歌頌舞蹈的話語。

湯姆自然地融入她的日常生活，他每天會拜訪阿卡西婭小姐，並且坐在沙發上，欣賞她練習的舞姿，然後告訴她，她的舞有多曼妙，擁有多大的潛力，還能更加美麗。然而湯姆不會久待，短暫停留過後便會離開。

每次湯姆來訪時，阿卡西婭小姐皆能感知湯姆日益強大的力量與氣勢，但她總是裝作不知情，深深陷入每次湯姆到來時，對她說出的讚美與歌頌，那是她確信自己的舞能更加美麗的唯一方式，每當阿卡西婭小姐認為自己的舞蹈醜陋不堪時，她就會像一條狗渴求來自湯姆的肯定。

「啊！！！」

高聲大吼伴隨鏡子被打破的聲響，阿卡西婭小姐整個人失去重心，踉蹌不穩，雙眼冒出憤怒的火花，布滿血絲。她再次吶喊出可怕的悲鳴，無論反覆練習多少次，總是無法跳出她追求的舞姿。

「要美麗才行。」

那強烈又致命的耳語，在腦海裡抓撓下印記。

「妳以後還會更加美麗。」

湯姆的聲音橫掃過她的四肢，阿卡西婭小姐大口喘氣。此時門打開了，湯姆走進屋內，如今無須阿卡西婭小姐替他開門，他也能自由進出這間屋子。湯姆看到阿卡西婭小姐在破碎的鏡子前渾身發抖的模樣，他停下腳步，不過卻沒有多說什麼，只是逕自走往沙發。

「你去了哪裡？」

冷酷的聲音在寬廣的房間裡迴盪。

「去了較遠的地方，妳不是知道我會在世界上到處來去嗎？」

他泰然自若地回答。

「你昨天怎麼沒有來找我？」

湯姆只是聳聳肩，回答之前也曾有過未出現的日子，看上去絲毫不在乎。阿卡西婭小姐瞧見他的態度，輕蔑一笑。

「昨天是舞團的表演日。」

湯姆不為所動地看向她。

「你去看她們的表演了吧？你去看其他芭蕾舞者的舞台了，對吧！」

阿卡西婭小姐用尖銳的聲音催促湯姆回答，以完美比例打造的俊俏五官，困惑得皺起眉頭，阿卡西婭小姐不喜歡他的沉默以對，雖然她將自己的憤怒全部宣洩出來，但內心卻感到相當不安，湯姆就只是靜靜看著她。

怒火蔓延全身，使她口乾舌燥，她不發一語地走進廚房，地上滿是破碎的杯具與餐盤。打開櫥櫃後，只剩一枚完好的杯子，阿卡西婭小姐伸出顫抖的手拿取杯子，纖細的手指勾起把手，但最後，搖搖欲墜的杯身還是掉落在地上的碎片堆中，響起清脆的破裂聲。

「我口渴了。」

阿卡西婭小姐木然地默唸有詞，她走出廚房，原本坐在沙發上的湯姆嘆了一口氣，他為了滿足她的需求，成為一個金色邊框，上頭刻有花朵圖案的高級杯子，阿卡西婭小姐粗魯地用蜘蛛絲釣起杯子，但她突然停下動作，僵直在地，阿卡西婭小姐盯著杯子表面沾上的紅色唇印，空氣彷彿被凝結般，沒有一絲聲響。

哐啷。

一道刺耳的聲音響起，杯子被砸得四分五裂。

「妳這是在做什麼？」

湯姆變回男人的模樣大聲說道，阿卡西婭小姐用充滿敵意的雙眼怒視他，她厭惡湯姆用一貫的眼神對待她。她如蛇般匍匐靠近坐在沙發上的湯姆，一頭長髮如布簾墜落在他的雙膝，她再也無法承受湯姆眼神裡的那份不在乎，一心只想狠狠抹去。她用手指撫過湯姆的眼角，低聲說道：

「騙子。」

充滿背叛感和絕望的嗓音，在那對清澈的雙眼前如雨般傾瀉。

「你是不是也對其他舞者說她是世上最美的舞者？」

或許，世上最美麗的舞者並不是她。「妳的舞姿真美，這個世界上最優秀的芭蕾舞者就是妳了，妳絕對能超越自己。」這句話化為驅使她繼續跳舞的狗鍊，這條狗鍊已深深烙印在她的胸口，她寄望這條鍊子並非僅是自己的妄想。湯姆注視著她渴望的雙眼，開口笑了。

「這不是理所當然的事嗎？」

阿卡西婭小姐感到自己的胸口一陣冰冷。

「比起失去四肢的妳，這世界上多得是更美麗的舞者。」

那天之後，阿卡西婭小姐將湯姆拒於門外，即使湯姆來到她的屋前，她也不再讓他踏進房門一步。她仍持續勤練舞蹈，專心研究如何使自己的舞姿更加柔軟流暢。並敲定於幾個月後再度舉辦演出，她要在那天的表演展現給「他」看，讓他能讚揚她的美麗。

湯姆依舊每天拜訪阿卡西婭小姐，時而在門前來回踱步，時而邊等待邊呼喊她的名字，也會留下花束或禮物，卻從未對那天的話道歉或是進行辯駁，那是阿卡西婭小姐最討厭他的理由，使她更加意志堅定地殘酷虐待自己的身體，而芭蕾舞團也選在同一天、同一時間舉辦演出，阿卡西婭小姐即便知道這個消息，仍無動於衷。

正式演出的日子來臨，阿卡西婭小姐聆聽著場邊的噪音，赤腳從晃動的布簾間走出，一想到刺眼燈光後的觀眾席上有他的身影，她全身的關節猶如時間鐘擺開始啟動，她貫注所有靈魂在舞台上跳舞，如一朵花瓣，纖細柔軟，隱忍全身上下的刺痛，但還是在旋轉的過程裡因為腿部的不穩，心臟漏了一拍。

表演結束後，阿卡西婭小姐背對如雷的掌聲，逃回了休息室，她將累壞的身子攤躺在椅子裡，然後惴惴不安地等著他。

叩叩。

當敲門聲一起，她瞬間站起身，她輕開門扉，外頭是西裝筆挺的湯姆，阿卡西婭小姐感到呼吸急促，心臟像是要躍出胸口。

「怎麼樣？」

她生冷地問道，湯姆緊接著說：

「太美麗了，比上次還要美麗。」

阿卡西婭小姐看著眼前的男人，心情難以言喻，她小心觀察他深情的笑容，嘴角勾勒出柔和的曲線，卻沒有看到酒窩，阿卡西婭小姐突然發現湯姆的手上沒有捧著花束，她似乎察覺到什麼，心臟不停竄動。

她泰然地說：

「太好了，旋轉的時候，我還怕會不穩。」

湯姆輕笑幾聲。

「妳想太多了，旋轉非常完美。」

她的心天崩地裂，阿卡西婭小姐用力地甩了湯姆一記耳光。

33

雅歌的勸告

那是個街上颳起刺骨冷風的一天。

「趕快把口袋裡的東西全掏出來，否則我要絞碎你的肝臟，抹在麵包上吃！」一身破爛衣物的雅歌在街邊威脅著嘻笑的孩子們，可雅歌的吼聲愈大，孩子們卻愈覺得有趣。

「笨蛋老太婆、笨蛋老太婆。」

孩子們唱起歌戲弄她，哄堂大笑，氣憤的雅歌像是真的要挖出孩子的肝臟般衝上前去，孩子們笑得更加開心，四處竄逃，有一名落後的孩子被雅歌一把抓住。

「要是想保住你的肝，就趕快交出錢來。」

雅歌用細長的指甲抓扒著孩子的肚皮，粗魯說道。

受驚嚇的孩子趕緊翻找口袋，抓出一把錢後落荒而逃。雅歌急忙清算搶奪來的紙鈔，似乎收穫不少，她咯咯笑著將錢收好。此時，身後傳來尖銳的聲音。

「妳竟然跟小孩們討錢，真是悽慘。」

她轉過身，阿卡西婭小姐高傲地看著雅歌，蒼白憔悴的臉龐上，那兩道黑眼圈似乎又更深刻駭人，骨骼突出可見的上半身顯得枯瘦乾扁，雅歌看著阿卡西婭小姐，露出不懷好意的笑容。

「我就知道妳會來找我。」

「妳怎麼會在這裡？之前的房子呢？」

阿卡西婭小姐皺起整張臉問道。

她去過雅歌之前居住的房子了，但早已人去樓空，她花了好一陣子找尋雅歌的下落，好不容易才找到這裡，卻發現她只身穿一件單薄的外衣，揹著好幾個大型背袋，而那頭總是綁得老緊的頭髮，如今也滲出油光，凌亂未整。

雅歌大聲地回答道：

「妳最近沒有看報紙嗎？」

阿卡西婭小姐自從結束最後一次的演出後，就不曾再看過報紙，她沉默地等著雅歌的回應，雅歌神情兇惡，五官皺在一起。

「因為沒有成功抓住夏茲，女王處罰我落得跟乞丐一樣的下場，她禁止妖怪島上的任何人委託或僱用我。」

雅歌對夏茲兩字嗤之以鼻，滿臉不悅地抱怨，阿卡西婭小姐的臉上沒有一絲變化，只是高高在上地看著雅歌，她一點也不在乎雅歌遭受了什麼委屈。

「那不關我的事，反正我不是要來委託妳的。我是因為妳似乎沒有妥善完成我上次的委託，所以才過來一趟的。」

她的語氣，冰冷不帶感情。

「我明明要求妳，除去我希望得到他人喜愛的欲望，可是妳沒有做到。」

阿卡西婭小姐的聲音毫無動搖，而雅歌卻在她接續說明前就搖搖頭。

「妳是指湯姆吧？」

聽見雅歌一語道破的回應，阿卡西婭小姐緊抿嘴唇。

「妳這頭笨鴿，那才不是我的失誤。」

雅歌暴躁地辱罵起來。

「是啊，沒錯。我的確去除了妳想從他人身上得到喜愛的欲望，但……」

雅歌的嘴角勾起詭異的弧度，那副笑容讓阿卡西婭小姐感到一陣寒意，雅歌壓低聲音。

「但是湯姆對妳來說，真的是完全的他人嗎？」

肥厚的手指指向阿卡西婭小姐。

「他可是依據妳的欲望所生，是妳的『一部分』。」

那對令人恐懼的無神雙眼，毫無溫度的冰冷雕像，聽到那一切全是自己一部分的阿卡西婭小姐，渾身起了雞皮疙瘩。

「因此被妳剔除的欲望裡，當然帶有模糊定義之處。」

雅歌繼續仔細說明。

「妳在去除欲望之前，就是個不渴望從他人身上得到愛的人，因為妳比起愛他人更愛自己，所以這項魔法的產物當然會反映妳的個性，妳想要得到湯姆的肯定，是因為妳仍然最愛著自己，所以自然希望得到自我的愛護與關注，說到底，湯姆是妳不可割捨的一部分，所以妳才會對他的愛感到執著。」

雅歌的話語如暴雨般傾盆落下，那段說明很是合理，她感到一陣空虛，雖想出言反駁雅歌，但這番話卻是一針見血，完全看穿阿卡西婭小姐的每一處。

阿卡西婭小姐喃喃自語道：

「我若是沒有聽到他的稱讚或是看到他滿意的神情，我的舞步就喪失所有的意義，所有的舞台也失去了目的，我討厭這樣的自己，我不是為了誰而跳舞的。」

她抬頭看向雅歌，原先萬念俱灰的眼神充滿著鄙夷，她語帶兇狠。

「妳這卑鄙的女巫，妳一開始就知道了吧？早就知道我會落得這個下場。」

「也不盡然，湯姆的變化是我預料之外的事，我沒想到一只陶土捏製的茶壺能成長為現在的模樣，現在他擁有的力量，已不是我的魔法所能掌控，他的成長空間甚至沒有極限。」

淨是些她不願相信的話，阿卡西婭小姐難掩怒氣，怒斥雅歌。

「妳少說謊了，那妳又怎麼知道這一切的？難不成是透過水晶球，陰險地偷看我的人生？」

雅歌沒有將話說完，反而開始翻找回憶，急躁的阿卡西婭小姐瞪著雅歌，又嘟噥了幾句。雅歌慢慢地開了口。

「嗯，比起這個……」

「我記得最後一次用水晶球看妳，是湯姆第二次離開綠色旅館的時候，我當時好奇你們的關係，所以偷看了一下。」

那天是阿卡西婭小姐將湯姆帶回自己的房間，跟他講述關於神與宗教的那天。想起那天的記憶，可怕的想法掃過阿卡西婭小姐的腦海，使她頭皮發麻。

雅歌見獵心喜地觀察她的表情變化，緩緩說道：

「那天之後，我見到湯姆了，妳摔斷雙腳的那天他有過來一趟，那時妳還在床上陷入昏迷。」

過去與現在的關聯一點一滴被揭開，阿卡西婭小姐說不出一句話，所有的情感、相遇、約定皆如蜘蛛網般緊密纏繞，無法切斷，阿卡西婭小姐被這張蜘蛛網嚴密裹住，一無所知的她只能無力掙扎。

湯姆第二次離開的那天，阿卡西婭小姐對那名哭訴想要得到愛的少年，訴說了關於神的故事。

「所以我每一天皆在神祇面前渴求，哀求祂的慈悲與關愛。不僅是我，數千名妖怪皆是如此。」

湯姆聚精會神聆聽她近乎耳語般呢喃的模樣，鮮明浮現在眼前，阿卡西婭小姐覺得頭暈目眩，那道埋怨的箭矢頓時失去方向，沒錯，那天她暗示湯姆的訊息相當明確，就是要他成為神。

「當我告訴他想要替妳裝上蜘蛛腳時，他問我妳是否還能繼續跳舞。我回答他，倘若妳意志堅定，並且肯付出努力的話，一定辦得到，然後他又問我，妳用蜘蛛腳掌跳舞的話，有辦法像以前一樣美麗嗎？」

雅歌一連串的話語，激起愈來愈廣的漣漪。

「當我回答無法時，他嘴角的笑頓時消失。」

「人一旦擁有至深的絕望，唯一的出路就是信仰神祇。」

回想起那天對湯姆說的話後，阿卡西婭小姐明白了一直以來自己忽視的問題，為什麼那天在聽完關於神祈的事，湯姆就此消失，然後在她裝上蜘蛛腳掌的首次演出又再度出現，還不斷告訴她，妳可以更美、可以回到從前。那些如洗腦的耳語一一浮現，她發自內心地苦笑出聲，她從未想過湯姆真的會想要成為神，更沒想到湯姆竟然會希望自己成為他的信徒之一。

她從什麼時候開始不再理會聖經或雕像的呢，她從什麼時候將舞蹈和舞台的重心轉移至他的身上了，那個曾向神祇祈求，即便無法站在舞台正中央，即使不能再得到鎂光燈、鮮花與歡呼也沒關係，即便是在無人的破舊閣樓也好，只要能繼續跳舞就足夠的她，是從什麼時候變成將自己囚禁在必須跳出美麗舞蹈的強迫之中呢，阿卡西婭小姐全身顫抖，無法平息的憤怒在她的身軀流竄。

看穿阿卡西婭小姐的雅歌出聲阻止她。

「我建議妳放棄不切實際的想法，現在的他已經是無可匹敵的存在，因為吸收了無數妖怪的崇拜和渴望，他壯大的速度根本不是我們可以想像的，他所擁有的能力足以破壞整座妖怪島現有的平衡。」

或許他真的成為了神，不過阿卡西婭小姐無法再耽擱下去，就算她贏不了湯姆，也不能再讓湯姆繼續奪走她的人生。

——我必須逃離他才行，但是該怎麼做？

此時雅歌向她道別。

「看來妳的要事辦完了，這次有禮貌地好好道別吧，因為以後妳也不會有機會見到我了。」

「為什麼？」

「女王的命令存心想餓死我，因此我要離開這裡，到一個沒有人找得到我的地方。」

雅歌朝大夢初醒般的阿卡西婭小姐遞出一張紙，她打開紙張，是張名為哈頓的名片，上頭還寫了餐廳經營人等字，阿卡西婭小姐不明所以，困惑地看向雅歌，只見雅歌如故障的玩偶，顯出詭異的笑容。

「肚子餓時去那間餐廳看看，味道很不錯。」

阿卡西婭小姐回家後，仍苦苦思索，腦裡的那道想法漸漸鮮明。

——要離開他才行。

下定決心後，無需猶豫，她隨即準備離開。收拾行囊並非難事，要帶走的東西僅有舞台的演出服跟一些化妝品，以及一把雨傘。

當阿卡西婭小姐將大部分的必需品全裝入袋子時，一道熟悉的聲音在她的耳邊響起。

「妳要去哪裡？」

湯姆注視著她，也許是因為他動也不動地以空洞的眼神盯著她，阿卡西婭小姐感覺自己像是在和美術館的雕像對視，那座由黏土所造，冰冷生硬的雕像。阿卡西婭小姐荒唐地笑了出聲。

「我不是叫你別進來，你為什麼會……」

「所以從那之後我每天都只是待在玄關呼喊妳的名字，一次都沒有出現在妳的眼前。」

湯姆冷酷地回答，他向前走一步，靠近阿卡西婭小姐。

「不過今天我必須前來見妳一面。」

低語在拉近距離的兩人間迴響，匯聚情感的眼神落在阿卡西婭小姐身邊的行李，阿卡西婭小姐沒有動作，靜靜凝視湯姆的眼，她不喜歡那雙企圖支配她的雙眼，那道冷酷的目光像是會使人徹底瓦解，湯姆光靠一次的眼神就搜索完她的一切，他確實是令人畏懼的存在了，而阿卡西婭小姐厭惡湯姆讓自己變得殘破不堪。

她怒視那個人。

「我要離開你。」

湯姆的聲音充滿譏笑。

「那是不可能的事，妳還不懂嗎？沒有我到不了的地方。」

「我知道，你的能力與智慧已經到了超乎想像的程度，所以我要離開你，前往即使是你也無法抵達的地方，雅歌已經提示我方向了。」

響亮的聲音充滿自信，阿卡西婭小姐堅決地盯著湯姆，眼神裡已不復見對湯姆的期待與依賴，她下定決心要將湯姆從生命裡剝離，那股頑強的意志力甚至削弱了湯姆的力量，阿卡西婭小姐看著湯姆冷漠的表情逐漸崩解，在那張瓦解的面具下，藏著好幾年前，那個下雨的夜裡，害怕地在水坑內掙扎的少年。

無法繼續偽裝的眼神，流露出殷切的哀求，湯姆緩緩開口。

「求求妳。」

自他聲音傳來的顫抖，銳利得刺痛阿卡西婭小姐的心。

「請別離開我。」

迫切的嗓音束縛了阿卡西婭小姐的去路，或許如同她渴望著身為自己一部分的湯姆那樣，湯姆也相對地渴望阿卡西婭小姐的存在。真是一段無止境的互相索取，為了能真正擺脫一切，即使殘忍也必須做出決定，她已經累了，想替這段苦難劃下句點，阿卡西婭小姐直視著他苦苦哀求的雙眼。

「我們這是在啃食彼此的生命。」

阿卡西婭小姐溫柔低語。

「你和我渴望得到彼此的愛，若是沒有感到滿足，就會不知所措。」

阿卡西婭小姐將手放在湯姆僵硬的手上，細長的手指有些顫抖，小心翼翼撫過黏土皮膚。

「湯姆，我們不能這樣，這一點也不正常。」

阿卡西婭小姐的聲音帶著哽咽。

宛如骷髏般乾瘦的臉頰兩側貼著髮絲，黑眼圈如瘀青般深深烙印在眼眶，醜陋得如病入膏肓之人，唯有那道聲音鮮明無比，絕望又哀戚地震盪。

「依附他人的人生終究無法自體發光，那是親手將自己與執著和絕望綑綁在一起的行為。」

失去血色，如即將要嚥下最後一口氣的嘴唇說道：

「我們絕對無法在一起。」

殘忍的話語使他們痛徹心扉，兩人用鎖鏈拴住了彼此，只能無力地看著對方，可怕的靜默維持好一陣子，阿卡西婭小姐移動腳步，離開眼神的對峙，她拿起一旁的行李，平靜地走向門，正當她要握住門把時，一道力量扭動她的肩，伴隨著一絲疼痛，湯姆從身後抓住她的肩，使她轉向自己，湯姆迫切的模樣映入了阿卡西婭小姐的眼簾。

「妳說我們沒有辦法在一起？」

他的眼神帶著怒火，加重手掌的力道，湯姆低著頭，紊亂的呼吸吐在阿卡西婭小姐的臉上，阿卡西婭小姐僵直在原地盯著湯姆，那道雙眼充斥盛怒與不安，在兩人緊湊的視線裡，怨懟與憎恨無聲爆發，碎片四濺。

「妳不是要我成為神，妳不是渴望神的存在嗎？」

那是道極力壓抑的低沉聲音，湯姆的眼神盡是暴風雨般強烈的情緒，阿卡西婭小姐只能任由自己被他的力量壓制，毫無抵抗地接受他狂暴的目光，她感覺全身要被蠻力粉碎。湯姆語帶急躁。

「為了成為妳渴望的存在，我花了超過十年的時間費心研究，我的每一分每一秒都是為妳而活。」

湯姆的話如同那道纏繞彼此的鎖鏈，她感到無奈至極，盯著湯姆瞳孔裡映照的自己看，現在她甚至分不清楚，瞳孔裡的倒影是她還是湯姆，她遺失在無止境的疑問，他們兩個人都太可悲了，阿卡西婭小姐伸出手撫摸湯姆的臉頰。

瘦削的手指撫過黏土捏製的外表，她絕望地說：

「我也不想離開，失去手腳後，我好不容易才找到活下去的動力，現在要邁向另一個新世界令我恐懼萬分。」

阿卡西婭小姐在湯姆的耳邊呢喃細語。

「但若是我不離開，到頭來我們會殺死彼此。」

阿卡西婭小姐伸出手摟住他的脖子，湯姆也毫無抗拒地彎下腰陷入她的懷中，阿卡西婭小姐用沒有血氣的雙唇撫過他的眼角，憤怒與埋怨的雙眼順從了她的吻，消散無蹤。她的唇撫過之處不再顫抖，阿卡西婭小姐垂下頭在他的嘴角邊停留。

「我有時也想過，若是我當初沒有將你變成又小又醜的茶壺，而是精緻華麗的茶壺，我們的結局會有所不同嗎？如果你是精美的茶壺，是不是就不用耗費心力得到愛了呢？」

無力的低語在湯姆的嘴邊如迷霧般展開。

「我現在就連聽到茶壺兩字也很痛苦，我對你的愧歉無法用言語形容，我真的很對不起你。」

湯姆低著頭，萬念俱灰，雙眼緊閉一動也不動。靠在阿卡西婭小姐身上的他，如同一座巧奪天工的美麗雕像。阿卡西婭小姐不發一語，輕輕吻上他的唇，悲傷卻平和的道別，然後她安靜地走出門外。

淒美的兩人，終究離開了彼此，他們的故事纏繞為一個結。四方的蜘蛛網錯綜複雜，希亞看著被雜亂絲線綑綁的女人，那名女人口中的故事在希亞心中燃起烈焰，熄為灰燼，餘韻猶存的字句使她的心跳難以止息，看著地上散落的粉色羽毛，希亞的腦海浮現一個問題。

「貝拉。」

希亞呼喊女人的名字，逐漸成為一具屍體的女人，茫然地看著希亞，紅鶴羽毛散落在蜘蛛網附近，像是足跡般格外突兀。希亞無論如何也想不通。

「妳為什麼在這裡？妳不是在外面的世界過得很好……」

「是湯姆帶我來這裡的。」

她看著希亞不解的神情，深深嘆了一口氣。

「阿卡西婭渴望我的舞，而我渴望阿卡西婭的名譽，即使她失去了四肢，但她每場演出的觀眾數與話題性還是贏過我。當我受苦於忌妒和剝削感時，湯姆找上門來，要我來這間與世隔絕的餐廳，他說我能在這裡成為最受歡迎的芭蕾舞者。」

貝拉自嘲般地大笑。

「而我竟然愚蠢地相信他，當我進到餐廳後才知道阿卡西婭在這裡，餐廳裡的貴賓比起跳舞的我，更喜歡能吐蜘蛛絲的她，我自慚形穢，自尊心嚴重受損，然而妳知道最悲慘的是什麼嗎？」

貝拉暫時停止了呼吸。

「阿卡西婭一點也不記得我。」

她痛苦地呻吟。

「我每次知道她要舉辦演出時，都會調查表演規模和到訪的媒體人數，我無時無刻都想方設法要比她有名，然而當我在沒有她的地方成為了最有名的舞蹈家時，毅然決然放棄一切，來到有她的地方，她卻一臉親切地迎接我，滿面笑容問我叫什麼名字。」

被對手遺忘的窘境該讓貝拉有多崩潰……面對阿卡西婭那副謙遜、善良的神情，貝拉感到無地自容。

「她唯一沒有忘記的人只有湯姆，當她第一次聽到湯姆來到餐廳的消息時，我一看那副表情就明白了，她起初還想說服自己只是名字相同的妖怪罷了，但當她得知湯姆是負責哈頓僱用人員的契約仲介，而代價僅是茶壺時，她整個人失神跌坐在地。」

看著阿卡西婭陌生的表情，貝拉一開始感到訝異，卻很快就明白原因。

「阿卡西婭離開湯姆，隻身來到餐廳之後，湯姆還是無法忘記她，因此將擁有優雅的四肢，能跳出美麗舞蹈的我送到她的身邊，想讓無法跳出美麗舞姿的她感到自卑，湯姆要使她背負絕望，這樣阿卡西婭才能因為深陷絕望而尋求神祇，製造自己被需要的機會。」

貝拉讀出希亞的眼神。

「妳想問我怎麼知道這一切的嗎？」

她的笑，像在夢中般朦朧虛幻。

「當阿卡西婭知道湯姆來到餐廳的幾天後，我一如往常地為了準備演出前往練習室，結果聽見他們的對話。」

下一秒，貝拉壓低聲音，語氣粗魯地說：

「『我變得更強了。』湯姆這樣哀求地說，接著說：『我已經成長到能滿足妳的一切渴望了，現在的我能給妳一直以來想要的美麗四肢。』然後他的下一句話使我全身發顫。」

貝拉直視希亞，低沉的聲音快速在空氣中震動。

「他說：『如果妳願意，我可以砍下貝拉的手腳送給妳，如此一來妳會更加美麗動人，也會更加快樂。』」

貝拉光是想想就害怕得快喘不過氣。

「當我害怕得就要尖叫出聲時，阿卡西婭卻先開了口。」

貝拉停止呼吸，望向希亞，一陣沉默之中，她緩緩說道：

「她說：『湯姆，我追求的僅是舞蹈本身，並非特別的四肢。』」

那是道宛如命令，驕傲又果決的聲音，貝拉神情恍惚。

「難道有比起這句話更驚人的回答嗎？天啊，我真的發自內心地尊敬她，湯姆不敢置信，再問她有沒有其他的願望，無論是什麼，他皆能替她實現，阿卡西婭回答他，什麼都行嗎？湯姆一臉堅定，他說只要能讓阿卡西婭幸福，他什麼都願意替她達成，然後阿卡西婭用清亮的聲音回答他。」

貝拉隨即接續說：

「再也不要出現在我的眼前。」

冷酷的聲音，再次斷絕兩人的關係。

「阿卡西婭反覆說著『再也不要』，並走出房間，我躲在角落確認她緩緩走遠的身影，我那時心臟急速跳動，然後一轉頭就看發現湯姆直盯我而來的視線，他的臉上帶著親切的笑容，他知道我全都聽見了，然後他告訴我一切的來龍去脈，隨後用他甜美的聲音問我：『貝拉，妳有什麼願望？我替妳實現。』」

貝拉長嘆了一口氣。

「我相信他一定知道我的願望，所以毫不遲疑地告訴他，自己想要擁有蜘蛛的四肢，想要可以吐出美麗的蜘蛛絲，得到無窮無盡的名聲與人氣。」

貝拉看著希亞。

「而願望的代價，就如同我現在的處境，我大概會死在這裡，在真正閉上雙眼前，用盡氣力看著她的舞姿。」

希亞環顧四周，如草原般寬闊綿延的蜘蛛網上，有著一座座大大小小的獵物墳墓，駭人的光景使希亞想要拔腿就跑。

「妳想救的傑克也是一樣的命運，所以放棄吧，她是不會聽從妳的請託的。」

貝拉的故事不停湧上心頭，但希亞不願多想，儘管這段故事擁有許多含意，但對於現在的希亞卻一點也不重要，她只在乎最重要的結論，就是她無法拯救傑克，傑克必須死才行，這是最單純也必須接受的事實。希亞不斷告訴自己，不能出於罪惡感或是必須拯救生命的正義感，讓自己深陷危險。

船員一旦落海，絕對不能帶有一絲猶豫，必須果斷拋下，繼續前行，希亞極力回想著傑克的指示。

「如此一來才能繼續航行，才能繼續前進。」

34

希亞的危機

希亞隔天傍晚也穿上整齊的制服，泰然地來到餐廳，她首先跟蜘蛛女人和其他服務員打招呼，並且一同聆聽新來的餐廳經理的介紹。她不禁心想，傑克船長的存在是如何瞬間被取代的，但也在餐廳開始營業後，隨即忘了這件事。

晚餐時間相當忙碌，來自各方的客人要求極致尊貴的服務與美食，希亞在曼妙的音樂與餐具清脆的聲響中敏捷地來回穿梭。

「一盤鮭魚沙拉與馬丹尼亞葡萄酒。」

待客人點菜後，希亞將點菜單貼在蜘蛛網上送進廚房。爾後打開廚房煙囪底下的牆壁裂縫或是櫃子內，拉扯裡面的蜘蛛絲就能接取一道道佳餚。

希亞打開櫃子拉動裡頭的蜘蛛絲，接過客人點的肉排，她準備好醬汁並且負責最後的擺盤工作，所謂的「肉排」實為嬰兒的手指，她在指甲表面塗上指甲油，放了幾朵綠色的花瓣在一旁。希亞一手端著肉排，另一手端滿其他桌的菜餚，姿態優雅地走出廚房，聽著傑克船長的鋼琴演奏聲，不疾不徐地走向餐桌。

「不好意思，這是您點的肉排。」

臉上帶著淺笑，嘴裡輕聲細語，希亞將手上的餐盤一一放上餐桌，然後走下廚房一處的樓梯至倉庫，拿取客人點的葡萄酒。

這裡是希亞在餐廳裡最喜歡的空間，廚房與用餐區盡是各式各樣的噪音，唯獨此處寧靜又和平。兩側全是擺放葡萄酒的專用高櫃，高度甚至碰到天花板，空氣飄散香甜的氣味，希亞找尋著馬丹尼亞葡萄酒，在葡萄酒瓶間僅有希亞的腳步聲幽幽迴響，希亞很快就找到那支葡萄酒，隨即走回餐廳。

希亞一手拿起放在冰桶裡冰鎮的葡萄酒，將其倒入餐桌上的空酒杯，另一手放在身後，現在的她已經很熟悉服侍的細節與應有姿態，不過就在葡萄酒漸漸填滿晶瑩剔透的杯時，酒瓶差點從希亞的手中滑落。

「沒關係，我更喜歡角落的位置。」

那道即使在睡夢中也能認出的聲音緊揪住希亞的心臟，她為了不打破酒瓶，用盡全力握住底部。希亞抬起頭，瞧見夏茲走進餐廳，她趕緊低下頭，裝作不知情地走往他桌，藏起臉上僵直的神情，擠出笑容待客。

「請問要點餐了嗎？」

「我要一瓶眼淚之酒，以及一份蝙蝠翅膀捲。」

——他為什麼會出現在這裡？

「翅膀捲有小牛犢肉或鵝肉可供選擇，請問要哪種呢？」

——他要來挑我的失誤嗎？還是來阻礙我的？

希亞將點菜單貼在蜘蛛絲後逃亡似的走至廚房，拉動櫃子內的蜘蛛絲，接下緩緩垂降的鮭魚沙拉，新鮮處理的鮭魚還帶著鮮嫩的橘紅色，希亞在上頭揮灑著如墨水般的白色、灰色、紅色等醬汁，鮭魚碎塊被雜亂無章的色彩所掩蓋，希亞最後用桌上的蜘蛛絲進行最後的點綴，同時深吸一口氣，整理身上的制服、束緊因忙碌而凌亂的髮絲，然後用單手端起餐盤，優雅地走出廚房外。

所幸夏茲被安排的座位離希亞負責的區域相當遙遠，不知為何，夏茲完全不在乎希亞的動向，專心地享用餐點，希亞極力裝作不知道夏茲來訪餐廳，若無其事地繼續工作，她將沙拉端至桌邊，隨後接待下一組客人，完全不朝夏茲的方向看。

「請問，我的葡萄酒什麼時候會送過來呢？」

那股奇怪的預感，從一名白色妖怪朝希亞丟出詢問時開始湧現。

「今晚我打算跟另一半求婚，所有的東西都準備好了，但只差羅莎里奧葡萄酒還沒上桌。」

希亞瞬間發顫，她訝異地看著那名面帶微笑的妖怪，點單的紅酒不是都送達了嗎？不過妖怪桌上的玻璃杯卻空空如也，一點酒漬也沒有。

「好的，請稍後一下。」

希亞道歉後，快步前往倉庫查看，一股不祥的預感湧上心頭，她的心跳急遽加速，怦怦、怦怦。心跳聲如鼓聲敲擊大腦，倉庫裡一個人也沒有，希亞快速跑至那瓶酒的酒櫃前，胸口的劇烈起伏使呼吸也跟著加速，她停下腳步。

希亞愣在原地，羅莎里奧葡萄酒的酒櫃裡竟空無一物，葡萄酒倉庫基本上隨時都是保有庫存的狀態，當服務生發現葡萄酒的數量較少時，會預先通知廚房補足存貨。因為要是沒有及時填滿庫存，導致無法提供客人點的葡萄酒時，過失將算在負責點單的服務員身上。不過倉庫裡的每種葡萄酒幾乎隨時都有數十瓶的存量，整間葡萄酒倉庫有著上百種酒類，幾乎很難出現單一酒類全數缺貨的情況發生，希亞環顧其他酒架，果然就只有羅莎里奧葡萄酒的櫃子一瓶也不剩，希亞在倉庫裡來回踱步。

——要告訴客人羅莎里奧葡萄酒全賣完了嗎？但如果被蜘蛛女人抓走怎麼辦？

她不自覺嘆了一口氣。

「怎麼了嗎？」

熟悉的聲音穿過葡萄酒櫃而來，突如其來的聲音嚇了希亞一跳，她馬上轉頭查看，那張熟悉的臉龐從酒櫃後奔向希亞。

「裘德！你怎麼在這裡？」

希亞高喊出聲，走向裘德，在陌生又冷酷的地方遇見朋友就足以溫暖希亞的內心了。

「我送藥給莫里波夫人時，聽到妳在餐廳工作的消息。」

他看著希亞，面露微笑。

「妳不是知道我可以隨意進出食品材料室嗎，我知道葡萄酒倉庫跟餐廳內部的通道，所以過來一趟。」

「真的嗎？你從什麼時候就待在這裡的？」

「我想想，大概半個小時前吧？這裡的葡萄酒櫃很多，有很多可以藏身的地方，沒想到竟然有這麼適合偷懶的地方。」

裘德天真的玩笑，讓希亞不覺跟著笑了起來，裘德雖然很開心能遇見希亞，卻也沒忘記重要的事。

「可是妳剛才怎麼看起來這麼嚴肅？發生什麼事了嗎？」

聽見裘德語帶擔心的慰問，希亞像個脆弱的小孩將煩惱一股勁地說了出來。

「客人點的葡萄酒賣完了，之前應該要事先補貨的，但因為葡萄酒的數量跟種類太多，沒有及時發現。」

希亞的語氣略帶不安，與裘德講話的此刻仍屬於她的勤務時間，要是離開餐廳太久其他同事會起疑心，希亞想起坐在廚房外邊座位的夏茲，內心更加焦躁。

「我該走了，無論如何都要……」

當希亞正要快步離去時，裘德抓住她的手。

「希亞，等等。」

「抱歉，我不能待在這裡太久……」

「我知道製作葡萄酒的料理室在哪裡。」

如希望種子般的話語，讓希亞迫切地轉過頭。

「之前在舞台上表演的那個吸血鬼，愛德華伯爵，他專門釀造葡萄酒，他的料理室就在表演會場隔壁，我去那裡跟他要葡萄酒，然後趕緊回來就行了。」

裘德提出的解決方法，讓希亞陷入猶豫，自從夏茲在表演過後差點殺了裘德與西洛之後，希亞就已經發誓不能再連累他們，她必須拒絕才行。

蜘蛛女人在轉瞬間就釣起傑克船長的光景如閃電般在眼前閃現，還想起蜘蛛網頂層那片毛骨悚然的墳墓。希亞討厭因恐懼而懦弱的自己，更對於內心裡其實渴望得到裘德幫忙的自己感到無比的罪惡感。

——難道沒有其他的方法嗎？真的沒有不透過裘德的幫忙也能補齊葡萄酒的方法嗎？

外頭的客人還在等她送上葡萄酒，即使現在透過蜘蛛網訂購葡萄酒，也難以即時送達。

「……拜託你了。」

希亞語帶自責和罪惡感地開口請求，有別於希亞的愁眉苦臉，裘德用爽朗且溫暖的笑容回應她，接著快速奔出葡萄酒倉庫，希亞就連甩開自責感的時間也沒有，趕緊動身回到餐廳，然後帶著從容的微笑走向白色妖怪的桌邊。

「很抱歉讓您久候，葡萄酒很快就會送過來，請再稍等一下。」

鄭重的語氣讓那名妖怪連忙搖頭。

「哎呦，沒關係的，仔細想想，其實喝點其他的葡萄酒也不錯，馬丹尼亞的酒好像也挺好的。」

彷彿懼怕著什麼般，妖怪慌張且急切地回應道，希亞腦中閃過不安的預感，她仔細看著妖怪的雙眼，而那名妖怪一點也不敢與希亞四目相交。

「……好的，我馬上拿來給您。」

希亞緩聲回答，轉身移動，樂器們在耳後彈奏出詭譎的樂音。

希亞很快將馬丹尼亞葡萄酒送至客人的桌邊，現在只要耐心等候裘德將羅莎里奧葡萄酒補齊即可，一段時間過去後，餐廳內又恢復往常的忙碌光景，雖然希亞多次找時間至葡萄酒倉庫查看，卻遲遲未見裘德回來的身影。

哐啷啷，廚房傳來尖銳的聲音，正替客人沏茶的希亞，緩步走至廚房查看，裡面是一位服務員，他因為打破餐具露出厭煩的表情。

服務員看見希亞的神情說道：

「放心，蜘蛛女人不會因為這樣就抓走我們，不過若是在廚房外面，客人能看到的地方打破餐具就另當別論了。」

服務員笑著對希亞說。

「還有要是沒按時補足葡萄酒也會被抓走喔。」

希亞臉上安心的微笑頓時消失，服務員聳聳肩。

「妳幹嘛一臉嚴肅？我是因為看到葡萄酒倉庫裡那支酒的空缺才說的，現在還沒有客人點羅莎里奧，所以沒關係，但在那之前得先有人補全才行。」

「我會負責補齊的。」

希亞絲毫沒有猶豫隨即回答，奇怪的預感揮之不去，她輕輕抬起頭思索，白色妖怪突然問起的酒、恰好缺貨的時間點、妖怪改變心意的原因、廚房裡的破碎聲，一連串不可思議的巧合全部在同一個晚上發生，她突然擔心起尚未歸來的裘德。

服務員臉上的笑顯得更開心了。

「我勸妳趕緊補齊，以免等會兒有貴賓點了那支酒就來不及了。」

「貴賓？」

「夏茲來用餐了，妳不知道嗎？」

剎那間，難以抗拒的龐大恐懼席捲全身，希亞馬上衝出餐廳，頭也不回地跑向愛德華伯爵的料理室。

希亞推開眼前的妖怪，跑得氣喘吁吁，她朝裘德所說的表演會場跑去，看見旁邊有座石塔，上頭有著一扇小窗，直覺告訴她那裡就是吸血鬼造酒之處，希亞奮力跑向石塔，抓緊門環，敲響那座古老的木門。

「請開門！請開門吧！」

希亞心急地大聲呼喊，隨著刺耳的聲響木門緩緩開啟，希亞的心七上八下，站在門縫後的人絲毫不明白希亞急躁的心情。

「請問有什麼事嗎？」

愛德華伯爵皺起眉毛，看似相當不悅。

希亞一邊急促地喘氣一邊看著伯爵，她已經顧不及伯爵厭惡的神情，對她來說，那股恐懼感早已吞噬她，沒有多餘的時間了，她兀自推開大門想擠身進屋內。

「請先讓我進去。」

所幸愛德華伯爵沒有阻止她，讓她順利進入屋內，希亞一進石塔，就見到裘德好端端地站在眼前，她隨即衝上前。

「裘德！」

希亞瞬間鬆了口氣，看到裘德平安無事的樣子，感覺眼淚都要流下。從聽見那名打破碗盤的服務員的調侃，到跑進石塔的前一刻為止，她擔心裘德早已被夏茲抓去，擔心得要命。

「妳怎麼跑來了？餐廳的工作怎麼辦？」

裘德瞪大雙眼，拉高音量。

「如果妳是要來拿葡萄酒的話，還需要一段時間，所以妳……」

「我不是因為葡萄酒才來的。」

希亞沒有換氣，接續說：

「裘德，你得趕緊離開，夏茲知道你來這裡了，他知道你在幫我，他很快就會找到你，然後……」

希亞無法將話說完。

她甚至無法猜測夏茲倘若找到裘德會做出什麼舉動。她欲言又止，裘德的表情染上一層恐懼，那股無法掩飾的懼怕神情，讓希亞心頭一沉，裘德即使在多麼困難的處境也能樂觀地提出對策，但現在那些曾經的自信與堅定卻消失得無影無蹤。希亞明白這一切全是她的責任。

裘德一臉蒼白，希亞緊抓著他的衣角。

「快點，裘德，你趕快去別的地方……」

「我很抱歉，但已經太遲了。」

低沉的嗓音打斷希亞。

轉過頭，只見靜靜看著他們的愛德華伯爵用手指向那扇小窗，沿著指尖望去，裘德與希亞陷入恐慌，回頭看著彼此。窗戶外的天空，有名少年揮動巨大的烏鴉翅膀朝這裡而來，即便距離遙遠，但只要看一眼就能知道是誰。希亞陷入深深的絕望，她環視四周，即使逃出塔外，也很快就會被能飛翔的夏茲發現，她看著裘德，但那雙不安的褐色眼睛也一樣陷入恐懼，想不出解決方法。

「請你幫幫我們。」

希亞哀求漠視一切的愛德華伯爵，而伯爵僅是睜著雙眼直視希亞，那雙眼漆黑得無法辨別瞳孔裡光影的濃淡，像是能一口吞噬希亞般的無盡深淵，那張蒼白無血色的臉龐與深黑的瞳孔朝希亞問道：

「幫忙？在這種情況下似乎沒有什麼方法了。」

冰冷的回答刺痛希亞全身的肌肉，她的心也隨之潰堤，只見窗外的夏茲以極快的速度朝向這裡靠近。

「裘德！你先進去那裡面。」

希亞心急地將裘德推進石塔角落的一處衣櫃。

「希亞！」

裘德慌張地連聲音都在顫抖，希亞沒有時間回答，一把打開櫃門，將裘德推進櫃子內，她的手感受得到裘德正在發抖，在關上櫃門前，他們四目相交，那雙充斥著不安的眼神，直視希亞的雙眼。

此時，敲門聲傳來，希亞無聲地關上櫃門，在愛德華伯爵正要移動腳步去開門時，希亞趕緊走上前。

「伯爵，拜託你別對他說實話，求求你。」

希亞急迫地低聲道，伯爵僅是用冷淡的表情看著她，如同在表演時，自舞台上看向觀眾的神情那樣。

「求求你催眠他，讓他相信裘德不在這裡。」

希亞哀求伯爵，但伯爵只是不發一語地走往門邊，希亞見狀用更加悲切的聲音乞求伯爵。

「拜託你了，無論你要我做什麼，我都願意……」

他不顧希亞的話都還沒說完，逕自打開了門，冷颼的寂靜降臨整間屋子，希亞望著伯爵的背影，整理過度急促的呼吸，他們交談的聲音相當微小，聽不見內容，伯爵的背影紋風不動。

希亞按捺心中的焦躁，靜靜等待，伯爵究竟跟夏茲說了什麼？他會如實告訴夏茲，裘德為了幫希亞而來這裡，現在人就躲在衣櫃嗎？還是伯爵會替他們說謊矇騙夏茲呢？雖然只是片刻，但無數個想法在腦裡瘋狂穿梭。

不久後，夏茲進到屋子，步伐一派輕鬆的他，對希亞微微一笑後，開始環顧石塔內部，緊張的氣氛包圍眾人。

夏茲開了口。

「大家怎麼都這麼緊繃呢？」

陰森的嗓音使得空氣更加凍結，希亞將視線轉向伯爵，想從他的眼神裡讀出訊息，但伯爵卻維持著一貫的冰冷表情。

伯爵回應夏茲。

「請您找到所要之物後盡快離開，您也看得出來，我還需要製作葡萄酒給服務員帶回去餐廳。」

夏茲沒有多做回應，開始搜索石塔內部。

石塔內堆放許多物品，有許多大小不一的酒瓶、大型酒架、木頭底座已經損壞的音樂盒、床鋪、無從得知用途的棺材、擺有於斗和燭檯的書架，一座衣櫃等等……夏茲一個接著一個打開橡木桶，他瞄準那些能容納一個人大小的空間，敏捷得讓人來不及反應，他打開的橡木桶裡，有著使用砂糖醃漬的誘人葡萄粒，以及散發清甜滋味的果汁液體、鮮豔可口的水果等等。

夏茲走向立在牆邊的棺材，他毫無猶豫地打開上蓋，希亞差點驚呼出聲，打開上蓋後，一顆頭顱滾了出來，鮮血在地上畫出痕跡，最後停留在離希亞不遠之處，棺材裡有著無法辨識的屍塊，全都沾染鮮血胡亂堆疊在一起，腥臭味瞬間漫溢狹小的石塔，再加上難耐的沉默，噁心感使希亞不停作嘔想吐，儘管只是一晃眼，但她似乎瞄見棺材裡有雙剪刀與鉗子，這更讓她無法正常呼吸，無以名狀的情緒自體內沸騰，如鯁在喉。

「那裡沒什麼可看之處，請您趕緊關上，那只是蜘蛛夫人存放獵物的地方。」

在希亞感覺神智恍惚快要暈倒時，愛德華伯爵穩重的聲音打破寂靜，他那和緩的中低音迴盪於屋內。

猶如表演時被催眠般，夏茲聽話地蓋上棺材。

「請體諒寒舍有些雜亂，由於忙著釀酒與準備演出，沒太多時間整理屋子。」
愛德華伯爵點起菸斗，補充說道。煙霧迷漫四周，如再次重現那天的演出般，夏茲彷彿也被喚起當天的記憶，應聲回覆。
「你的歌喉的確令人印象深刻。」
「謝謝您的稱讚。」
伯爵回答道。
希亞覺得身體無力，煙霧讓視線一片模糊，伯爵低沉的嗓音使意識逐漸朦朧不清，她感到身體鬆弛無力，這一切彷彿都只是夢境，在不切實際的幻想裡，希亞笑得很開心，整個人輕飄飄的，夏茲移動腳步，希亞轉頭看向他的彼方，在霧白色的空間裡，她隱約看見那座衣櫃。
——啊，不行。
絕望的悲鳴在腦裡大作。
「您知道嗎？」
愛德華伯爵的聲音隱約繚繞於耳，夏茲轉頭望著伯爵。
「關於我那天演唱的歌曲。」
伯爵啜了一口菸。

「其實那該是其他成員演唱的……但自從她被披著風雪而來的男人砍斷脖子後，就再也無法完整唱完那首歌了。」

希亞被煙霧淹沒，無力地看著兩人，夏茲用難以解讀的表情看著伯爵。

「歌詞是關於雪花的故事，您還記得嗎？」

伯爵靜靜地問道。

夏茲沒有回答，他似乎僅用晃動頭部來回答，但希亞看不出來他是點頭還是搖頭，在那瞬間只有伯爵慵懶的聲音沁入希亞的耳朵深處。

猶如陷入催眠，那道歌聲與腦海中的細胞共舞，希亞屏氣凝神地欣賞那首熟悉的歌曲。

一片雪花明逝去。

一片雪花意背叛。

一片雪花表忘卻。

落雪覆蓋這世界。

我如即將翻覆的船，淹沒於雪間……

睜開雙眼，面前的人、信、衣櫃全被鎖上了。

伯爵的催眠雖柔和卻起了效果，希亞也不自覺集中精神在歌曲之上，這首熟悉的旋律是傑克船長遺留下的那台鋼琴彈奏出的樂曲。

——可憐的傑克船長。

即使陷入模糊的意識裡，同情傑克船長的思緒仍舊不止息，為了追求心目中的曲子，他不惜代價地獻出雙手，然而他的生命卻以如此不勝唏噓的方式結束，為了保護曲子就連自己的人生也毫不猶豫地犧牲了。夏茲站在衣櫃前，希亞焦急地看著夏茲的身影，愛德華伯爵持續唱著歌。

幾經波折，打開衣櫃，
裡頭空無一物，
我在他所造的蒼白世界裡頭昏眼花，
喘不過氣，
衣櫃內的雪花，應當在春日融雪之前安眠，
其實我心知肚明。

——千萬不要發現裘德……

希亞在心裡祈禱夏茲被歌曲成功催眠，愛德華伯爵不動聲色地專心哼著歌，他為了哼唱最後一節，又啜了一口於斗。

這片銀白非雪花，而是油嫩櫻花，

春日已然覆蓋大地。

剎那間希亞渾身起雞皮疙瘩，因催眠的效力緩慢跳動的心臟，突然大力震動，哼唱歌曲最後一節的人並非只有伯爵，夏茲也加入伯爵一同哼唱，然後他回過頭，看著希亞。

一看見夏茲臉上的表情，希亞瞬間萬念俱灰。

「寫這首歌的人是我。」

夏茲笑語，塔樓內瞬間捲起一道狂暴大雪，將煙霧吹散。

自暴風雪間能聽見裘德的尖叫聲，暴風也在衣櫃內兇猛肆虐，身體大力撞擊衣櫃內側的裘德，不知是否失去意識，整個人癱軟無力，由於一切來得太過快速，希亞完全來不及反應。

——這是他作的曲子？

雪花的冰冷藉由皮膚刺入骨髓，希亞想起路易曾說過關於這首曲子的故事，當時藝術家提出要求，若傑克船長願意砍斷雙手就願意將曲子送給他。

希亞轉頭，看見傑克船長的頭顱在地上四處滾動，她的視線無法在那幅光景上多做停留，在她轉回頭前就隨即閉上了雙眼。「他」記得嗎？他記得這具屍體的主人，正是不久前願意犧牲自己的雙手，以此為代價獲得曲子的鋼琴家嗎？

希亞盯著夏茲看去，從他的眼神裡看得出來絲毫不在乎屍體的主人是誰。

「很快會有其他的手下過來，一名體型壯碩的服務員，和一名蒼白的妖怪，他們會把這個人帶去給哈頓。」

夏茲指著裘德說。

希亞看著失去意識的裘德，此時席捲她的恐懼感，比看到傑克船長屍體時還要巨大，她不能讓裘德就這樣斷送性命，裘德是為了幫助希亞，出於一片好意的義氣相挺，她不能讓裘德死於這番善良的舉動。

「裘德！」

希亞奮力呼喊裘德的名字，但沒有任何回應，夏茲頭也不回地離開石塔，灰心的希亞見狀趕緊追上前。

「夏茲！夏茲！」

夏茲已擺動烏鴉翅膀，粗魯地攪動周邊的空氣，逐漸遠離地面，希亞奮不顧身追上前，不安感比奔跑的速度更快地侵蝕心臟，她加快了腳步，不顧已經喘得吸不到空氣，她不停叫喊夏茲的名。心跳如預告災難降臨的警報聲，在耳邊瘋狂大作。

要是讓裘德被哈頓的人帶走，那代表再也無法看到他了。在蜘蛛網上抵抗死亡，苟延殘喘的獵物們，以及棺材裡那雙染血的剪刀和鉗子，片段畫面如走馬燈閃過希亞的腦海，想到這些可能是裘德即將遭遇的下場，使她渾身發抖，希亞無意識地推開眼前的妖怪們，現在的她腦筋一片空白。

頓時，不知從何而來的龍捲風迎面而來，在暴風中一塊黑色的形體降落於她的面前，驚人的落地速度甚至使希亞腳踩的地面也隨之震動，夏茲冷酷地看著她。

「妳打算要我放過妳的朋友，給他一條活路對吧？」

夏茲低聲呢喃，他的眼神毫無慈悲之心，冷血地堵住了希亞的嘴。

「他會被審問，說不定最後會死。」

夏茲不為所動。

「妳就接受事實吧，反正他幫了妳，本該是這個下場。妳不也即使知道，仍接受他的幫忙嗎？」

一語道破的問句使希亞痛苦難耐，她心知肚明一切起因皆是內心的自私招致的後果。她的雙眼失去生氣。夏茲看著她的神情，淺淺一笑。

「還是，妳沒有接受他的幫忙？」

他緩緩問道，希亞聽見意料之外的問句很快地說道：

「你這是什麼意思？」

夏茲聳聳肩。

「就是字面上的意思，因為他也可能不是在幫妳，不是嗎？事實僅有當事人的妳跟他才知道。」

夏茲的語氣聽來溫柔無比，像是安慰人般。

「只要妳想，妳也可以盡情說謊。可以說他不是在幫妳，一切全是我的誤會，那妳的朋友應該就會被無罪釋放。」

希亞聽了夏茲突然丟出的希望種子陷入沉思，她希望情況能如夏茲所言地發展，同時也知道事情不可能如此單純就結束。

「但是呢，如果他不是來幫妳的，也就是說，他並不是為了妳才請伯爵釀造葡萄酒的話……」

夏茲突然笑了一下，在他講完話前，希亞嘆了口氣，她明白夏茲突如其來的建議絕非好意。

「如果那支酒不是妳的，那就代表妳沒有成功補齊葡萄酒，妳確實跟同事說要來伯爵的石塔拿取紅酒，但那支酒不在妳手上，而是在裘德的手上。」

他接續著說道：

「那就變成是妳的失敗了，妳也會落得跟鋼琴師一樣的下場，不一樣之處只在於妳會先被奪取心臟罷了。」

夏茲看著希亞的臉部表情，滿意地笑出聲。

「幹嘛一副不可置信的樣子……這一切的劇情，妳不是早就料想到了嗎？」

夏茲緊盯著希亞，他執著的眼神讓希亞不自覺發顫，她想起演出那天夏茲問她的話。

「若為了自己而拋棄他人是件殘忍無情的事，那妳能為了其他人犧牲自己到什麼程度？」

那晚希亞選了最恰當的回答，而對於她的偽善，夏茲所說的那句回答，如今在她的耳邊縈繞。

「那種事現在還很難說。」

夏茲享受著自己的預言如實成真的瞬間，心滿意足地說：

「那妳親口告訴我，他是來幫妳的嗎？」

希亞不發一語垂下頭，充滿不安的雙眼已是眼淚滿盈，更可悲的是，她連猶豫的餘地也沒有。

35

夏茲身負重傷

夏茲帶著輕快的腳步走入華麗的大門。自明亮又富麗堂皇的長廊走至漆黑的房間裡，宛如進入另一個世界般，界線分明。夏茲獨自站在如宇宙般寬廣的空間中，一動也不動。在他的面前，哈頓龐大如一顆垂危的行星。

「聽說……這次也失敗了。」

哈頓就連講出簡短的句子也相當費勁，他的病情似乎更嚴重了，整副身軀彷彿下沉至深不見底的地板，像是底下有好幾公斤的重量正拉扯著他。

夏茲不甚在乎地說：

「這次不是完全失敗，還是有收穫的。」

不過哈頓只在乎結果的成敗，其他的事物全都不重要。

「讓一個人類小孩在餐廳犯錯，到底有什麼難的，為什麼每次……」

哈頓吃力地吐著話，他用鵝黃色的雙眼，毫無掩飾眼神中的敵意直瞪夏茲，夏茲在那片敵意中讀出了另一道情緒。

「你可別誤會，我絕對沒有在幫人類。」

夏茲迅速地駁斥，但是哈頓不相信夏茲，一個能隨心所欲操控妖怪島的惡魔，竟然無法讓一個人類小孩出現差錯，這是任誰都無法置信的事。

哈頓的眼神抑制不住憤怒，夏茲一樣不放在心上，隨口轉移話題。

「好吧，這次你要我帶什麼貢品去找女王？」

這次夏茲也沒有完成被交代的任務，作為處罰，他必須再度面對女王那張討人厭的嘴臉，正當他突然想到「上次一起去的小笨龍不知道還好嗎？」時，哈頓的聲音傳來。

「這次你不用帶東西過去。」

聽完這番話，夏茲愣了一會兒，明白此話含意的他用僵硬的表情看著哈頓，那名手中握有大權的上位者，眼神毫不隱瞞的敵意使他確信這道命令的用意。

這次要獻給女王的貢品就是夏茲本人。可怕的靜默充斥整座宮殿，夏茲緩緩低頭奉命，當他再度抬起頭時，臉上不帶任何表情，也不多說任何一句話，夏茲轉過身走進黑暗之中，走出那間令人窒息的房間，他毫不猶豫飛出城堡外，等著他的路還很遙遠。

夏茲離開後，希亞站在原地一動也不動，無法動彈的她，光是回想剛才發生了多麼可怕的事、自己是多麼殘忍的人、這個世界有多殘酷等等，就已經讓人無法動彈。她明白裘德會遭遇什麼事情，只能任由眼淚不斷落下，也明白自己在那一刻是如何毫不猶豫地做出選擇，她只能在原地放聲大哭。希亞極度痛恨自己，她難以忍受充滿矛盾、自私又偽善的自己。

「對不起、對不起。」

希亞像是在祈求原諒，她摀住嚎啕痛哭的臉龐不斷重複道歉，不過那個能分擔她的苦痛，並且給予原諒的存在已不在她的身邊。

隨著時間的流逝，蜷曲的身體發出痛楚，她愣怔地望向天空。希亞失去了目標，她比任何時候都還要茫然，她徹底迷失方向。莉迪亞的房間、圖書館……妖怪島裡的每一處全是與裘德一同造訪過的地方。直到昨天她還能感受有裘德在身邊的充實感，對比現在感受到的差距，使她恐懼無比，這個世界上已沒有她的容身之處，她只想遠離這個複雜又煩人的世界。

希亞茫然站起身，像是螺絲鬆開的機器般失去動力，整個人如同順從既定的宿命，雙眼失神地走著，雖然現在的她死氣沉沉，但她明白自己該去的方向。

「在這裡只有我自己，沒有那個對我而言宛如噩夢的世界。在這裡，能夠完全隔絕只留有殘酷又悲慘回憶的世界。」
那句殘留在記憶裡的陳腔濫調，如毒藥般牽引希亞。
「找尋時間暫停，一切事物都停下腳步之處。」
那道沙啞的聲音引領希亞的步伐，她不知不覺地沉浸在腦海深處的記憶，最後走至一扇門前，看著眼前灰白斑駁的大門，希亞覺得自己相當可笑。
「當妳感覺疲憊孤獨時，再來這間房間吧。」
嘎吱一聲，打開門後，一團腐蝕般的酒氣衝上前，她來到的是酒之房。時鐘滴答作響，虛空中僅有沉默，雖然一片漆黑，但身處黑暗似乎使人更加平靜，希亞關上門走進房內。
此時，傳來一道嘶啞的聲音。
「我不需要藥品。」
她轉頭望向那道熟悉的聲音，酒鬼連看都沒看希亞，只是撫摸的瓶身。
「我不是來送藥的。」
聽見希亞的回覆，酒鬼緩緩移動視線至希亞身上，時針規律跳動的聲音將沉默截成斷片，不一會兒，酒鬼的笑聲如加入合聲般恣意覆蓋，天真地傻笑聲震盪整座房，但是笑聲並沒有持續很久。

他的笑很快轉為有氣無力的聲音。

「無須多問，大概也略知一二了，過來坐吧。」

希亞藏起尷尬的心情，坐在他的身邊。

「絕對不會有那種時刻來臨。」

當時信誓旦旦對酒鬼說的那句話還記憶猶存，但是酒鬼卻毫不在意，語氣輕鬆地對她說：

「果然討厭起這個令人厭惡的世界了吧。」

他的聲音聽起來得意洋洋，不停咀嚼自己的話語，或許因為醉意高漲，他高聲喊出每一個單字。

「當對這個噁心的世界失去希望時，就會真正發現這裡宛如天國啊！」

酒之房仍狹小又黑暗。當酒鬼高喊完畢，刺耳的時鐘聲響隨即填滿空缺，滴答、滴答、滴答，規律的機械音聽在希亞的耳裡，像是時鐘們對酒鬼的吆喝所獻出的掌聲。

這座狹小的空間帶給希亞安全感，黑暗那擁有隔閡外界的特性使她自在許多，心臟脈動也隨著時針的聲響逐漸放慢腳步。

「你在忙什麼呢？」

酒鬼並沒有像上次那樣一直灌酒，只見他雙手相當忙碌，小心翼翼地拿起細長的酒瓶。

「做我一直以來都在做的事，釀酒。」

酒鬼雙眼盯著玻璃瓶回答她。

希亞朝玻璃瓶望去，玻璃瓶內躺著透明液體，裡頭堆疊著檸檬皮，希亞看著酒鬼勺起一匙砂糖放入瓶中。

「當我來到這裡時，想不通究竟要遭遇多少不幸，才能流出那麼多眼淚，但我現在好像稍微可以明白了。」

「其實也並非要難過才會掉眼淚，幸福也會使人哭泣，這是最重要的事實。」

認真釀酒的酒鬼，轉頭朝希亞一笑。

「酒的價格，會依據眼淚蘊含的情感而有所不同呦。」

希亞聳聳肩。

「看來幸福眼淚的價格比較高吧？」

「錯了，若要釀造出美味的酒，需要所有的情感，因為不同的情感帶有不同的風味。悲傷的眼淚是酸味，憤怒的眼淚是濃厚的鹹味，開心與感動的眼淚則是清甜的滋味。」

酒鬼邊轉瓶蓋接續著說道：

「最美味的酒即是融合所有情感的酒，若是傷感不深或不夠憤怒，是無法感受到幸福的。」

希亞盯著瓶蓋旋轉的樣子出神。

「若是有一項情感不足，就要用其他材料補足，檸檬皮可以取代悲傷的眼淚，食鹽則是取代憤怒的眼淚，而開心的眼淚當然就是用砂糖替代。」

玻璃瓶蓋上蓋子後就就大功告成了，希亞凝視著裝盛檸檬皮與砂糖的玻璃罐，兩人不發一語，任由寂靜蔓延。

酒鬼將玻璃瓶放置於酒櫃，與其他的酒瓶放在一起，然後輕輕哼起歌，挑起一瓶酒與一盞杯。苦澀的節奏迴盪在包圍他們的牆上。

「我為什麼那麼自私呢？」

希亞開口。

「總是開心接受來自朋友的幫忙，卻在最重要的時刻，為了我自己的性命，毫不猶豫地丟下他。」

酒鬼早已停止哼歌，將酒水倒進酒瓶。

「裘德會沒事吧？他會活著嗎？但就算我現在真的很擔心他的安危，如果時間倒轉我還是會選擇我自己。」

希亞心痛萬分，語帶哀號。

「我好討厭這樣的自己。」

希亞誠實袒露心情後看向酒鬼，他的酒杯已空，神色自若地享受酒水，沉浸在美酒裡的他感受到希亞的視線，抖動肩膀。

「是嗎，其實我不太能理解。」

他若無其事地回答。

「在一個人的人生裡，最重要的事物必須是自己才行，為了保護自己，就需要自私，這是理所當然的事。」

「但我真的太不應該了，我竟然為了自己，而寧願說謊並袖手旁觀。」

希亞想起自己為了說服夏茲，所偽裝出的善良與謊言而感到痛苦。

——夏茲打從一開始就知道全都是假的。

希亞覺得自己一直以來都帶著面具在過活，堂堂正正講出絕不會為了自己而拋棄他人的那一刻更是可笑。

酒鬼將折磨希亞的重量視為僅是幾顆眼淚的事，輕描淡寫地回應。

「妳別把自己想得太糟，正因為妳會痛苦，就代表妳不是自私的人，妳會因此陷入絕望，即是妳想為了他人成為更好存在的證明，妳因為珍惜身邊的人，才會感到痛苦與苦惱。」

看著酒鬼因醉意開始打鼾的希亞，細細咀嚼他所說的話，奇怪的是，原先被不安與罪惡感翻攪的心，好像稍微沉澱下來，不過腦裡的疑問依然存在。

——裘德會平安無事嗎？

身處黑暗之中的希亞滿腦子想著裘德。周遭的時鐘持續作響，她抬起頭，上頭如相框的小窗灑進一絲光線，好奇外頭情況的希亞安靜地走出酒之房。

又是另一個早晨，萬物皆在睡夢中的餐廳是那樣寧靜平和，希亞走在明亮的陽光下，她想找裘德但不知道該上哪找，頂上的陽光燦爛，使希亞皺起眉頭。

此時，清澈的天空卻有一點黑色的身影，微小的黑點漸漸擴大。

「啊！」

熟悉的身影使希亞不自覺驚呼，不過他的動作卻看起來不如以往，巨大的黑色翅膀嚴重抖動，看來隨時會墜落。希亞緊盯他不放，看見他降落在餐廳最高之處後，希亞毫不猶豫，一股腦地跑過去。

希亞攀上無止境的翡翠色階梯，看見華麗的宮殿，她持續跑至階梯的盡頭，她來到宮殿的最頂層，水晶燈照亮整座走廊，她無須浪費時間找尋，因為走廊左側的門縫滲有鮮明的血跡。

希亞謹慎地走過去，她花了些時間做心理準備，用來迎接門後的事物，她深吸一口氣，藉以平靜紊亂的呼吸，然後緩緩打開門。

門毫無聲響地打開，她的視線沿著地上的血跡而去，然後瞬間愣住。希亞不自覺地倒抽一口氣，慘不忍睹的景象使她呆滯在地，在潔白窗簾後方的大理石陽台，有一名全身被烏鴉羽毛吞食的少年躺在血泊之中，隨著他的呼吸而粗魯擺動的翅膀由於太過龐大，整個重壓在他的身上，黑色翅膀上滿是鮮血，從急促的呼吸與抽搐看來，夏茲應該尚未失去意識，不過因為那雙巨大的翅膀，希亞看不見他的臉龐。

希亞緩緩朝他走去，腳邊積累的血浸濕她的鞋子，雙腳間的濕潤觸感使她全身起雞皮疙瘩，察覺動靜的夏茲轉過頭。

「路易。」

鮮明的聲音宛如毫髮未傷般清晰。當兩人四目相交時，希亞的心臟一陣刺痛，因為夏茲的那道眼神，那道發現並非路易的眼神是無盡的絕望，夏茲似乎感到沮喪，他將頭撇回去，希亞不知為何有些緊張。

希亞讀出夏茲眼神的瞬間，她明白現在夏茲的生死掌握在她的手裡。

此時此刻，整座餐廳裡清醒的人唯有夏茲和希亞，希亞俯視夏茲，他已經不帶任何期待與希望，這也是理所當然之事，夏茲比誰都還能一眼看穿人的本性與內心，希亞發現自己以出乎意料的平靜神情看著他。

——說不定這是機會。

她內心的聲音低聲呢喃，就此放任夏茲不管的話，說不定會更好。

——如果轉頭就走，一切應該就結束了吧。

短暫的想法閃過希亞的腦海，若夏茲有何不測，他則無法干擾希亞的工作，也不會再威脅她的朋友，心想至此，她想起袞德，忽然回過神來。

——我到底在想什麼？

希亞走近夏茲身邊，然後扶起被黑色羽毛覆蓋的他，夏茲全身無力，相當沉重，巨大的翅膀更是壓得希亞喘不過氣，希亞單膝跪地將夏茲的一隻手放在自己的肩上，奮力站起。希亞全身上下沾滿血漬，但她沒有時間後悔，若是不顧夏茲，他可能真的會失血過多致死。

夏茲似乎也意識到希亞的動作，嘗試用雙腿掙扎，但是他知道掙扎也沒有意義，自己已經流了太多的血，意識模糊不清。希亞前進時能感受到夏茲因痛楚而產生的抽搐，希亞想著「袞德也會這麼痛苦嗎？」她一邊擔心著袞德，一邊艱難地扛起夏茲。

現在倚靠在希亞身上的人是誰已經不重要了，她的信念使她不願停下腳步，酒鬼不久前說的話，如殘留的酒香般隱隱發散。

「那是妳想為了他人成為更好存在的證明。」

希亞咬緊牙根，離開了房間，穿越長長的走廊，好不容易走至階梯前。

「因為妳珍惜身邊的人。」

她深吸一口氣，這裡是餐廳的最頂端，距離雅歌的地下室有著一大段距離。

光是扛著夏茲離開宮殿就花了兩個小時的時間，上午的空氣清新乾淨，餐廳仍是一片平靜，翡翠綠的階梯錯綜複雜，綿延不斷，希亞停在原地，稍微喘口氣，羽毛們重重地壓在她弱小的身軀，希亞覺得自己的手臂隨時都會麻痺，但還是不打算鬆開抱緊夏茲的手。她毫不猶豫走下階梯，汗水混濁鮮血，浸濕希亞的身體，彷彿被關在悶不透氣的外殼般，全身都發出抱怨。

筋疲力盡的希亞漸漸覺得視線模糊，但必須要抵達地下室的執念使她繼續前進，她直盯著地板向前走，雖然手臂幾乎要斷裂，但還是竭力扶住那具沉重的身軀，她就這樣走了漫長如一生的好幾個小時。

「雅歌！雅歌！趕快起床！」

一抵達地下室，希亞踉蹌地跑向雅歌，她放下夏茲後隨即奔跑，身體搖搖晃晃，但她一點也不在乎，希亞大力搖著打呼熟睡的雅歌。

「雅歌！」

裘德說過，雅歌相當不容易被吵醒，她心急地拿起平底鍋往雅歌的頭敲下去，被打的雅歌自睡夢中尖叫醒來，希亞用意志力支撐著身體看向雅歌。

「呃啊啊！沒規矩的臭鴿子！」

「冷靜一點！現在情況很危急！」

被吵醒的雅歌如同一頭發狂的野獸，希亞朝憤怒的雅歌道歉了好幾次，但雅歌還是一點也聽不進去，受不了的希亞伸手指向夏茲，雅歌的視線不禁往希亞所指方向望去，她隨即瞪大了那雙兇惡的眼睛，地下室突然迎來一陣安靜。

「現在不替他治療的話，他很可能會死，雅歌妳不是妖怪島最強的女巫嗎？」

希亞接續說，無論是被砍斷脖子的吵夫人，或是跳斷雙腳的蜘蛛女人皆在雅歌的手下得到治療，她相信雅歌也能救活夏茲。

「請妳救救他，讓他別死……」

「氣死我了！跟頭臭笨鴿一樣吵。」

雅歌用鼻孔吐氣，打斷希亞，稍微冷靜的雅歌掌握完眼前的情況，恢復往常的模樣，她用巨大的眼珠盯著遍體鱗傷的夏茲，大聲地說：

「真受不了！你就是愛這樣到處撒野，我早知道你會落得這種下場了！」

雅歌的高喊震耳欲聾，希亞感覺快要昏厥過去，整個人渾身無力，雅歌看向希亞咂嘴。

「臭笨鴿，妳還真是多管閒事。」

希亞沒有反駁的力氣，雅歌不知道是看出希亞已經筋疲力盡，還是懶得多說什麼，她不看希亞一眼，只是揮揮手。

「只會礙事的傢伙，閃遠點！」

雅歌展現出對於這點程度的傷勢，根本小事一樁的態度，希亞見狀，留下夏茲與雅歌艱困地離開那裡。

希亞太過疲憊，她隨意清洗身體後走出浴室，然後毫不猶豫地走回裘德的房間，她毫無餘力再做些什麼，整個人瞬間昏厥在地，呼呼大睡。

希亞進入深層的熟睡，即便睡著了，她仍能聽到自己的嘴無時無刻都在喊著道歉。眼前浮現一個朦朧的身影，仔細一看是癱躺在地的裘德，他似乎開合著嘴，想對希亞說話，但希亞奮力隔絕那道聲音，她害怕聽到裘德的話語，她扭動身軀，不想聽見任何的聲音，但愈是如此，耳邊細微的聲音就愈揮之不去，呢喃聲不絕於耳，當全身的神經集中在耳朵時，她自然地睜開雙眼，像是不曾入睡過那樣。

希亞一醒來，隨即知道時間過去了許久，似乎已是凌晨，房間裡光線昏暗，那道在夢裡折磨希亞的聲音仍未消失，希亞轉向聲音來源的門邊，細小的聲音讓她不禁豎耳聆聽，那是兩個人交談的聲音，一下子就能知道是誰與誰在對話。

希亞安靜地聽著夏茲和雅歌的對話，雖然因為房門闔上，無法聽清楚對話的內容，但依稀能聽到幾個單字。處罰、女王等等的字反覆出現。希亞不知道兩人在說些什麼，只是專心聽著。夏茲彷彿說了幾句話，然後雅歌的回覆稍微大聲一些。「裘德」，好像能聽見有人提起裘德，希亞不禁心頭一震，瞪大眼睛，此時有人好像走出地下室，接著就再也聽不見任何聲響。

——夏茲離開了？已經痊癒了嗎？

希亞起身打開房門，當看見門後出現意想不到之人的瞬間，她傻愣在原地。夏茲面無表情地看著希亞，凝重的沉默占據地下室，清晨的天光自背後的陽台灑進房內，淡藍色的微弱光線使夏茲的臉比起任何時候來得陰森。

「看來你好得差不多了。」

希亞與他保持一定的距離說話，夏茲除了身上有幾處包紮的傷口外，其他看起來一如往常，兩個人四目相交。

「為什麼這麼做？」

夏茲開口問道。

希亞望著夏茲的雙眼，警戒的眼神比起任何時候都還銳利，希亞思考著該如何以最誠實的方式表達，但夏茲不等希亞開口。

「妳以為幫了我，我就會幫妳嗎？」

夏茲不停追問。

「還是我會放過妳朋友？」

希亞沒有回答，因為她並非盤算這些利害關係才出手幫他，她想起睡前看見的殘忍光景，她的確在當時想過那些恐怖的想法——若是夏茲就此消失，說不定就能保住自己的性命。但希亞不是如此冷血的人。

夏茲用充滿警戒與憤怒的雙眼瞪著希亞，語氣冰冷地說：

「沒有用的，不會有任何改變……」

「你只要謝謝我就好。」

希亞打斷他並直視著夏茲，夏茲的雙眼在剎那間出現晃動，兩人被寂靜包圍。

此時，開門聲傳來，希亞想著應該是雅歌，不經意地轉頭過去，卻發現開門的人是路易，並且路易的身後是……

「裘德！」

希亞不自覺高喊，然後越過夏茲快速奔向裘德面前，一見裘德，希亞心頭一沉，裘德轉眼間便得骨瘦如柴，骨頭的模樣清晰可見，他的雙眼失神，眼皮一眨也不眨，整個人僵硬無比，如同一具屍體。希亞整顆心碎了，全身的知覺彷彿被某種東西啃食乾淨。

「請冷靜，他沒有死。」

路易的聲音如雷聲劈入腦海，希亞花了些時間才明白他的意思。但希亞還是無法將視線離開裘德，啃食全身的疙瘩哽在喉間叫人窒息，彷彿擰了三四次喉嚨才能順利發出聲音。

「你對他做了什麼事？」

費盡全力說出的話語自齒間瀉出，希亞很怕會從路易的嘴裡聽見駭人的答案，顫抖著身體等待回應。

路易生冷的聲音像機械般回應。

「針對他未配合餐廳的營運事務，我們不過是進行一些處置罷了，而且令人意外的是，雅歌為了確保他沒有生命危險，全程在一旁待命，因此他沒有大礙。現在雅歌也為了減緩所剩處罰的強度，前去找哈頓大人商量了。」

但是眼前的裘德像座石膏一動也不動，希亞說不出一句話，胸口那團疙瘩占據了全身，堵住所有感知的出口。

路易動也不動地講完該說的話，連換氣的時間對他來說都是浪費。

「既然都到這裡了，順便告訴妳另一件事。妳的下一個任務已經確定了，這次的任務是由哈頓大人指派的。」

路易面無表情，眼光掠過夏茲。

其實當路易一進地下室發現夏茲的身影時，還是難掩訝異。他用金黃色與紫色的瞳孔觀察夏茲，夏茲看起來雖然身受重傷，但應該仍算行動自如。

——真是奇怪，原本以為他會無法從女王的宮殿逃脫，或是早就一命嗚呼了。

雖然僅是短暫幾秒，疑問還是油然而生，不過沒有持續很久，他很快就將視線放回希亞身上，現在不該浪費時間在私人問題之上，他接續說道：

「這次的任務是烹調料理，要製作的菜色與接待的貴賓已經確定好了，幾天後待貴賓到訪時，會再另行通知，妳在那之前只要乖乖等候即可。」

希亞什麼話都聽不進去，仍然低著頭。看著被嚇壞的少女，路易不由得咂嘴。

希亞能成功完成之前的任務，對路易來說也是始料未及的事，不過看到眼前少女的這副模樣，不禁讓他覺得這段日子的成功不過只是一連串的偶然罷了。

——看來獻出心臟的日子不遠了。

路易轉頭望向夏茲，他的雙眼盯著希亞。路易朝著他說：

「請跟我來，哈頓大人請您過去一趟。」

夏茲聽從指令起身，路易已經辦完關於地下室的要事，隨即轉身優雅地打開地下室的門走出去，夏茲也跟在他的身後。在漆黑一片的地下室裡，希亞第一次覺得即使跟袞德在一起，也感到無盡的絕望與恐懼。

❦

無法估計重量的沉默在空氣裡徘徊，即便這間房是餐廳裡最華美的空間，但現在黑暗遮蔽了天花板與牆面的寶石，此地如宇宙般寬廣又漆黑，夏茲和哈頓靜默不語，像兩顆維持一定距離的行星。

「沒想到你能活著回來。」

夏茲站在原地不為所動，哈頓連看都不看一眼地說著。

「老實說，你不好奇女王為什麼沒有真正除掉你嗎？」
夏茲用毫無生氣的雙眼，抬頭望向支配自己的人。
「跟你不親自動手，每次都送我去女王那裡是一樣的道理吧。」
夏茲低沉回答。
「這就只是一場遊戲，觀賞蟲子會被燈火燒死，還是逃走的戲碼而已……」
盡失活力與生命的臉龐毫無表情變化，那微弱的低語聲充滿悲哀，望著哈頓的雙眼非常茫然。
「遊戲，還真是恰當的比喻。」
哈頓掃視纏繞在夏茲身上的冤魂痕跡，竊喜地說：
「但我沒有停止遊戲的念頭。」
即使哈頓已虛弱得無法把話說完整，但臉上仍浮現嘲笑的神情，他繼續著說：
「以後賦予人類任務的事就由我來指派，但假如人類還是成功完成的話，你還是要去女王的宮殿。」
「她會失敗的。」
當哈頓一講完，夏茲毫不遲疑地斷言。
「一定會失敗的，因為幫助她的人已經被除掉了。」

他只是沒想到會有妖怪願意幫助希亞，夏茲沒想到那份單純的善意竟然真實存在。夏茲看見哈頓閉上雙眼後也轉身離開。不會再有任何的變數了，夏茲在心底反覆默唸，必須這樣才行。

走出房間的夏茲不知該何去何從，沒有該見的人，也沒有該去之處，雖然全身是傷、疲憊不堪，但腦裡一片混亂，不想休息。夏茲想逃離這一切，所有的一切，他厭倦這片讓他感受翅膀振動的天空，也厭倦所處的華麗宮殿，夏茲往下走，走出宮殿，走下綿延不絕的翡翠色階梯，不斷往下。

不過一天之前曾走過的階梯，讓他隱約浮現恍惚的記憶，眼前盡是妖怪們忙碌穿梭，但記憶裡的場景卻是一個人也沒有，即便當時意識不清，還是能感受到那嬌小身軀奮力摟著自己前進的動作，稀薄的記憶裡浮現「為什麼？」的疑問，困惑如雲霧般展開，夏茲咀嚼著既清晰又模糊的記憶，走下階梯，每踩下一步皆能感受當時她為了救他而踏出的震盪，那是與他亟欲想逃離的地方截然不同的感覺，哈頓那抹錯愕他是如何歸來的冷漠眼神，冷卻了他的頭腦。

不斷往下後，映入眼簾的是材料儲藏室，再往下就是雅歌的地下室。夏茲推開平滑刨平的木門，儲藏室靜謐無人，木香使空氣格外沉穩，夏茲走過兩側如火車般羅列整齊的木門，每踩一步皆能聽見木頭地板的嘎吱聲響，溫室、冷藏室、乾物室，還有能聽見動物叫聲的飼養室。當他不作多想只是一味走著時，聽見了開關門的聲響，夏茲下意識回頭查看，一道熟悉的身影映入眼簾，那人不知道有人在盯著自己看，正躡手躡腳地走著，夏茲不由得開口。

「嘖嘖嘖，竟然在工作期間擅離職守，果然要罰你被煮來吃才對。」

一聽到背後的聲音，那個人呆愣在地，夏茲面無表情地看著他轉過頭。

「哎呦，我的朋友夏茲！你什麼時候在那裡的？」

西洛收起尷尬的神情，對夏茲擺出笑臉，但夏茲知道他的心裡在想什麼。

「你要去探望受傷的朋友吧？」

餐廳裡是不存在秘密的，裘德的事幾乎人人皆知。對於夏茲一針見血的話語，西洛隱藏不住慌張的神色，雙眼骨溜溜地轉動，胡亂地嘟囔著。

「你在說什麼？即使我跟裘德再怎麼要好，怎麼可能做出擅離職守的行為呢？真是令人心寒，我只是出來確認有無可疑的入侵者，因此短暫離開房間罷了。」

看著嚴厲否決的嬌小龍族，夏茲突然閃過一道念頭，他不明白自己為何有這個想法，但早在意識到自己的行為之前，夏茲已經開了口。

「既然這樣，你帶著卷軸去吧，放在身上去探望朋友。」

西洛瞪大了雙眼，一時之間說不出任何話語，但當他看出夏茲並非開玩笑時，他激動得跳了起來。

「你瘋了嗎？當然不行，食譜怎麼能帶出房外，要是……」

「帶走吧。」

夏茲打斷西洛。

「不然我就告發你擅離職守。」

夏茲留下慌張不已的西洛獨自離開，夏茲其實有些訝異自己方才的所作所為，那並非理性意志所做出的舉止，但他不想再插手了，無論做出何種選擇，該負起責任的人都是西洛。

36

食譜的下落與湯姆的點單

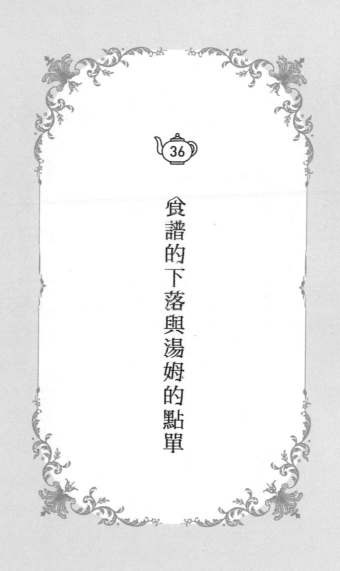

「愚笨的臭鴿子，即使那樣也不會有所改變的。」

在黑暗中將頭埋進雙膝間的希亞，一聽見粗魯的罵聲瞬間抬起頭，雅歌大力地甩上門，走進地下室。

「雅歌，妳回來了！」

希亞大聲呼喊，她發自內心地期待雅歌回來，希亞靜靜看著雅歌直視袞德的眼神，殷切地說：

「妳可以治好他吧？」

雖是問句，卻是最真摯的渴求，雅歌就連渾身是血的夏茲，都可以在一天的時間使他起身走動，因此希亞深信雅歌也可以讓袞德恢復正常的狀態。兩人陷入短暫的沉默，那是希亞最害怕的時間，希亞目不轉睛地看著雅歌，女巫終於開口說話。

「袞德觸犯了重罪，我可是好不容易才讓他免除一死。」

「而且妳也可以治好他的。」

希亞堅定不已，雅歌整個人心浮氣躁回瞪著希亞，爾後開口，短短幾秒鐘的時間，希亞觀察著雅歌的表情變化，試圖讀出她的想法，她想知道雅歌是單純覺得麻煩，還是真的……就在聽見雅歌的回應前，地下室的門被大力開啟，兩人一同望向衝進地下室的莉迪亞與西洛，他們一看到裘德的樣子，不約而同大叫出聲。

「裘德哥哥！」

「裘德！」

莉迪亞與西洛呆望著裘德，雅歌雖然相當不開心自己的地下室闖進兩位不速之客，但卻沒有發火趕人，希亞看著雅歌不如以往的奇怪反應，不安地抓著她問道：

「妳會醫好他吧？會吧？」

「煩死人的臭鴿子，妳知道找走到妖怪島的最頂端，千辛萬苦爬到宮殿都做了什麼嗎？不知道的話就閉上妳愚笨的嘴。」

雅歌不停大吼大叫，震耳欲聾的音量讓整座地下室產生震動，雅歌將臉湊近希亞面前，雙眼狠狠地瞪向她，嘴裡還不斷辱罵，肥厚雙唇間的口水猶如噴水池般迸出。雅歌似乎沒打算理會希亞的請求，她轉頭望向嚇得蒼白失色的莉迪亞與西洛。

「莉迪亞，妳、妳能治好裘德嗎？」

希亞的聲音不自覺顫抖，她壓抑著快要溢出的情緒，緊抿雙唇直視著莉迪亞。

——莉迪亞也是位有能力的女巫……

希亞將機會賭在莉迪亞身上，莉迪亞的雙眼未曾離開過裘德，那道眼神是發自內心凝視喜歡之人的眼神，希亞感到心痛萬分。

「……我試試看。」

莉迪亞回答道，雙眼仍然未離開裘德。

那渺小的一線希望讓希亞感到安心，她靜靜地看著莉迪亞，小女巫雖然還是臉色蒼白、驚魂未定，但眼神流露出一定程度的信心。

「應該沒問題的，挖幾朵野生花製作草藥的話……」

早在一旁抱著裘德大哭的西洛，聽見莉迪亞的話語後立即激動地致謝，希亞也覺得至少能鬆一口氣了。

「謝謝。」

希亞握著莉迪亞的手向她道謝，放下了心中的大石。但莉迪亞直望著裘德的眼神，同時也在希亞的心上留下疤痕，那道視線似乎譴責自己說：「都是妳，都是因為妳。」

罪惡感如尖銳的刀刃，無情宰割希亞的心，她不斷在心裡尖叫，她甚至無法望向裘德，如同知罪的囚犯般低垂下頭，視線只能在地板及虛空間徘徊。

此時希亞發現不遠之處擺有一份卷軸，面對突然出現的東西，希亞不自覺伸出手，但就在碰觸卷軸前，有道力量阻止了她，她轉頭望向那道力量的來處。

「西洛，這是什麼？」

「這、這……希亞小姐，這什麼都不是。」

西洛將卷軸藏在身後，含糊其辭，但希亞隨即就看出西洛嬌小身軀後所隱藏的秘密，她驚呼出聲。

「這不是食譜嗎？」

希亞一語道出的事實，讓西洛慌張地轉動眼珠，但他知道已經無法隱瞞希亞，長嘆一聲後，語帶懇求地說：

「請、裝、做、沒、看、見。是夏茲要我帶來的，我也別無他法……」

「夏茲要你帶來的？」

希亞相當訝異。

這種重要的卷軸怎麼會要求西洛帶在身上？希亞面露不解，西洛也深表同意地嘟噥抱怨道：

「我也搞不懂他在想什麼，他知道我要來地下室看裘德，就突然要求我帶著卷軸過來，真是荒謬至極！我原本以為他是不是瘋了，但他卻是一臉認真，還威脅我，若是不照做就要罰我被炸成肉排，我只好乖乖聽話……」

聽完來龍去脈，希亞更加堅信心中所想，夏茲聽到西洛要來地下室後，才命令他帶食譜下來，那麼代表……

希亞朝西洛手上的卷軸伸手過去。

「請將卷軸給我。」

一聽希亞的要求，西洛隨即跳上跳下，激動地反抗。

「希亞小姐這是什麼意思？當然是不可能的事。」

「請相信我，夏茲是要讓你轉交給我，才要求你帶過來的。」

「無論夏茲是帶著何種目的，但是我的使命是保護卷軸，防止卷軸落入外人手中，我必須要將它安全地送回飼養室。」

「但我不是外人，我受到哈頓的指派，需要執行與餐廳相關的工作，因此非常需要那份卷軸。」

「請妳找其他的方法。」

「西洛，你不也知道掙扎是沒有用的嗎？」

西洛遇到了漫長人生中最為難的時刻，若是其他時候他能無情地拒絕，但他已經快要失去了一名朋友，除了裘德以外，他第一位認識的朋友正向他請求幫助，倘若拒絕她的要求，希亞極有可能會遭遇不測。

他握著卷軸陷入掙扎，雙眼不停轉動，希亞用殷切的眼神看著他，莉迪亞則與雅歌津津有味地看著兩人。面對四周的目光，西洛顯得不知所措。

「我不太明白。」

西洛困惑地看著希亞說道：

「夏茲不是跟妳對立的敵人嗎？為什麼他要把食譜給妳呢？」

對於西洛的疑問，希亞陷入短暫思索，沉默片刻後，希亞緩緩開口。

「……因為我幫助過他一次，大概是回報吧。」

聽了希亞的回答，西洛深陷苦惱。

夏茲之前饒恕過食譜被希亞搶走的事，讓他免於死在料理師的刀下。因此完成夏茲的要求也不為過，再者，倘若交出食譜的事情曝光，只是根據夏茲的命令而行動的他難道真的會因此受罰嗎？

——若交出食譜，能一次滿足希亞小姐與夏茲的請求，也算是兩全其美呢。

思索完畢的西洛，遞出手中的食譜。

「使用完畢後，請完整地物歸原主。」

不久後，西洛再次回到飼養室，莉迪亞為了拿取能治療袞德的藥物，離開了地下室。留在地下室的希亞坐在袞德身邊研究食譜的內容，卷軸的內容無須朗讀即能理解，光是翻動卷軸的動作，就足以讓神秘又驚奇萬分的食譜內容，整齊有序地積累在希亞的腦海中，希亞對於首次接觸的龐大智慧與力量感到興奮無比，深深被這份充滿驚奇的卷軸吸引。

當她廢寢忘食沉浸其中時，有人敲了敲地下室的門，開門進來的人是路易，希亞見狀趕緊將卷軸藏於身後，心臟撲通撲通地跳著。那雙紫色與金黃色的異色瞳，眼神銳利地望向希亞，不疾不徐地開口說道：

「該是出發招待貴賓的時刻了。」

希亞跟在路易身後，擠進在階梯間忙碌竄動的妖怪們往上而去，用不著多久，路易停在餐廳華麗的門前，然後舉起手確認手錶上的時間。

「我該離開了。」

「現在嗎？」

希亞睜大雙眼地問。

「表演團演出的時刻快到了，我需要到場確保表演順利進行。」

「不過你不需要站上舞台，不是嗎？」

希亞有些沒好氣地說，路易的眼神閃過一絲不悅，用冰冷的聲調回答道：

「我沒有其他要傳達的事項了，待您進去後就會知道負責的貴賓是哪一位，請替他點單後，使用正確的食材與餐具接待貴賓。」

邁步走上階梯的路易，看來是真的打算直接離開，希亞慌張地趕緊丟出問題。

「就這樣嗎？不像之前有事前訓練……」

她認為這次也會像之前擔任服務員時，接受類似的教育訓練，但是路易果斷的回答否決了希亞的設想。

「情況有所不同，當時為了防止妳造成餐廳的利益損失，因此特別進行教育訓練，但現在哈頓大人的病情危急，已經無法計較營收了。」

路易的眼神格外冰冷，聽著那番令人畏懼又無情的話語，希亞開始覺得路易身後綿延不斷的階梯與料理室，遙遠得彷彿與自己所站之處是全然分離的兩個世界。

「請從毫無準備的狀態下直接開始，這正是我們期望的。待表演結束後我會前來向貴賓詢問結果。」

哈頓不再掩飾無論如何都要奪取心臟的意圖，希亞只能悵然若失地看著路易離去的身影，在毫無頭緒的情況下找到正確的客人、接受點單、準備菜肴，並接待整個用餐過程，以常理來看根本是不可能的命令，之前的任務至少有大致的方向能依循，但這次卻什麼也沒有，因為閱讀過食譜而累積的安心感也在一瞬間消失。

希亞試著無視內心的不安，推開餐廳大門。

高級的水晶燈在上方點亮整座空間，各式各樣的聲響自由地來回流竄。傑克船長留下的鋼琴與小提琴的合奏樂音、交談的聲音、刀具在食材與餐盤碰撞的聲音、服務員忙碌的腳步聲等等，希亞聆聽著這些聲音，在熟悉的空間裡徘徊，盡忠職守的服務員們絲毫不在乎隨意在餐廳內穿梭的希亞。

希亞在餐廳內來來回回找尋自己要接待的客人，當她四處張望時，視線停在角落的一張桌子。

她的心頭一沉，眼熟的背影使她手心冒汗，希亞緩緩走向以端正姿勢坐在桌邊的那名客人，當她的影子落在白色的餐桌巾上時，客人徐徐抬頭。

希亞勉為其難地發出聲音。

「您好。」

維茲沃斯與希亞四目相交，她快速地用視線掃過維茲沃斯，他雖然依舊身穿一件長大衣覆蓋身體，但看起來上次因墜落意外所受的傷已經痊癒了。

「妳好。」

維茲沃斯平靜地回答，她能感受到面具底下的瞳孔正盯著自己，怦怦怦怦，希亞心臟跳動的聲音在耳邊如鼓聲般大力作響。

「請問要點餐了嗎？」

希亞沒有能寫字的紙張，她握緊滿是汗水的手問道。上次那可怕的答案還是縈繞於耳，她快速瞥了周遭，盤算著這次該往哪裡逃才好，她的呼吸急促又紊亂。

「麻煩給我一壺熱茶。」

穩重的聲音朦朧如夢，希亞轉頭看向維茲沃斯，這道沉穩又細膩的語氣似乎有些不對勁，總讓人感覺那張白色面具的下方隱藏著微笑，希亞恍惚地問：

「……好的，請問餐點的部分呢？」

「之後再說吧，先給我熱茶就好，什麼茶都可以。」

這是個過於容易的點單。對於意料外的幸運，讓希亞不知道該如何反應，思緒一片混亂，當她正打算離開準備時，背後隱約傳來一道聲音。

「請將熱茶放在茶壺內。」

身體彷彿觸電般，希亞當場僵直了身子。

希亞轉過頭，凝視著令人毛骨悚然的可怕臉龐，她確定自己看到了面具下的笑容，呼吸毫無規則地起伏，心臟發出尖銳的悲鳴，在試圖恢復理性之前，身體的本能已經做出反應。她不自覺輕呼他的名字。

「湯姆。」

如同回應希亞的呼喊，敞開的斗篷間露出那條有著無數名字的手臂，那些名字逐漸變淡，湯姆很快地將手臂藏回斗篷間，不發一語。剎那間，希亞的耳朵嗡嗡作響，宛如兩人與這個世界分離，一同進入像黑洞般的空間，那道盯著自己的視線如黑影般緊貼皮膚，希亞感到全身哆嗦，脈搏聲沉重地敲擊腦海的細胞。

「我去……準備您的茶。」

她自喉嚨擠出聲音，像從麻醉般清醒那樣，她緩緩轉過頭走往廚房。希亞挑選了最華麗的一只茶壺，也幸運地找到了茶葉和砂糖，一旁的服務員們接過蜘蛛網上的菜肴，不停忙進忙出。

希亞將水放進茶壺內加熱，神情呆滯，像是隔絕環境般一點聲音也聽不見。

——他來了！他們知道他來了嗎？這些人是知道他是「他」才交付給我這項工作嗎？他打算對我做什麼事？

希亞覺得全身像是被放在節拍器上不斷顫抖。

茶壺的孔洞冒出火車般的白煙，希亞將茶葉與砂糖放入滾燙的水中，把茶杯與茶壺放在托盤上，再運用廚房有的材料簡單裝飾，她在廚房眾多的鮮花裡選了幾朵鳳仙花擺在盤上。

當她自廚房裡端出茶品時，一下就看見他泰然坐在位置上的模樣，希亞極力鎮定內心的焦躁後走向他。

「這是……您點的熱茶。」

湯姆沉默地看著希亞將熱茶與茶杯放在桌上的動作，希亞的手顫抖無比，即便下一秒就會打破杯具也不奇怪，她覺得湯姆的視線如蜘蛛絲般緊緊纏繞每根手指。

希亞將餐具安放在餐桌上，由於沒有下一步的吩咐，她只好看著湯姆，任由緊繃的沉默占據時間的空白。

彷彿在欣賞茶壺的湯姆從容開口。

「一只杯子好像不夠呢。」

分明是維茲沃斯的聲音，但語調卻是萬般溫柔細膩，希亞睜大雙眼看著他瞬間從指尖變化出一枚刻劃著精緻圖案的茶杯。「為什麼？」希亞的眼神滿是困惑，他伸手指了對面的座位，輕柔的動作像是在說「請坐。」

「相信我們兩個都知道茶的味道一點也不重要。」

希亞如磁鐵般乖乖坐下，餐桌底下的雙腿仍在顫抖，但她仍以冷靜的神情直視湯姆，他替希亞倒了一杯茶後，親切地在杯中加了一顆砂糖，然後將杯子移至希亞面前，開口說道：

「這是鳳仙花呢。」

希亞回想起來到妖怪島前那些關於花的記憶。

「這是媽媽最喜歡的花。」

即使身處危險又急迫的情況下，由於觸碰到溫暖的回憶，使希亞不自覺伸出手，而湯姆也帶著笑容將一朵花遞給希亞。

「對於美麗的事物，我總是毫不猶豫地獻出花朵。」

希亞想起他曾在送花時對阿卡西婭小姐說出類似的話語，希亞靜靜地接過鳳仙花，並將它放入口袋。

湯姆沒有再多說話，僅是平靜地喝著茶，她感受到他正等著自己先開口，希亞無聲地吞嚥口水，讓聲音別顯得太過顫抖，現在那壺茶的滋味已經再也不重要了。

「他們知道嗎？」

希亞低聲問道。

「他們？」

湯姆悠悠地回問。他明白希亞的語意，卻用了假裝不知情的玩笑語氣。

「他們不知道。」

湯姆壓低音量。

「那就是他們把你當成為維茲沃斯，然後派我來接待了。」

希亞想得沒錯，路易說過表演結束後，他會向客人詢問結果。若是維茲沃斯，一定不會有好評價。但任誰也沒有想到惡魔竟會偽裝成維茲沃斯親自前來餐廳。

希亞思索著這項變數是好還是壞。她確實是從紅鶴女人那兒聽到許多湯姆的背景……一名人物的身影突然閃過腦海，覆蓋天花板的雪白蜘蛛網看來是那般遙遠。

「阿卡西婭小姐……」

希亞緩緩開口說道。

「她不是希望你別再出現嗎？」

希亞講完後馬上後悔莫及。

蒼白面具下的男子動也不動地盯著希亞，希亞努力維持著淡定的表情，心想自己是否觸及到不該碰的禁忌，整雙腿劇烈顫抖。

「她去表演了，所以不在這裡。」

湯姆爽朗的語氣讓希亞的緊張顯得多此一舉。

「意思是……我們的時間只到她回來為止。」

輕柔的口吻在緊張的氣氛裡留下深刻的印記，希亞無聲地深吸一口氣，兩人都沒有拾起杯子。

「你過來想找我聊什麼？」

希亞低聲問道。

「其實什麼都好。」

面具底下的聲音悠悠傳出。

「我只是單純想找妳聊天就過來了。」

他的聲音如遠方傳來的小提琴聲般平靜，但希亞無法辨認話語背後的意圖，即便如此，希亞在乎的只有一件事。

「你願意幫助我嗎？」

希亞殷切期盼他的回覆，等待的短暫幾秒，只感受得到急迫的心情讓每寸肌肉都在顫抖。

「這取決於妳的故事。」

他簡單回答希亞。頓時之間，希亞身邊空氣裡蔓延的緊張感瞬間凝結。冷颼的觸感自腳趾攀爬至髮絲。

「我該說什麼才會讓你願意幫忙我呢？」

對於希亞的提問，迎來了輕微的笑聲。

「貝拉不都全部告訴妳了嗎？」

他盡可能地不提關於自己的事，任由希亞為了尋求答案而提問，同時徹底掌控對話的主導權。他看似回答了問題，卻僅回答問題的表面，確切的答案與判斷仍是希亞的責任，這是在利害關係中位居優勢的人所擁有的餘裕。

他清楚明白希亞想要求他的事情，他只不過在等待希亞全然弄清楚內心的方向罷了，同時希亞也明瞭湯姆渴望的事物。

「你想要被愛。」

希亞如此說道。

「那我只要釋出善意就好了吧，如果你願意幫我，我自然就會對你友善。」

希亞開始說服湯姆，但他聽了希亞的話後卻輕蔑一笑。

「那個方法在綠色旅館不是失敗了無數次嗎？」

他用力地咬文嚼字，說完這句話。

希亞想起他為了被愛用盡方法的過程。蜘蛛女人和紅鶴女人的身影在腦中翩翩跳起舞。他將對方逼至角落，縝密盤算使對方的唯一出路就是如敬拜神般尊崇他。希亞苦思該怎麼不被這層嚴密的蜘蛛網圍困，但眼前的情況沒有時間讓她多想。

希亞下定決心說服他。

「那你現在的方法有效嗎？」

他沒有開口說話，餐桌間覆蓋一層沉默，彼此都知道兩人所想一致，希亞環顧四周的蜘蛛網，編織雪白細網的主人尚未歸來。

「我看是適得其反了吧？」

希亞斬釘截鐵地說，她緊盯白色面具，猜想面具下的人會用什麼表情看自己。

「你好奇過為什麼眾人不稱你為神，而是惡魔嗎？」

希亞對惡魔提出問題，等待他的回應，更正確地說是在等他想好要怎麼回答，但是惡魔已有自己的定義。

「對我而言，神與惡魔皆相同。」

他接續回答。

「然後阿卡西婭與我，比以往任何時候都還要緊密連結著。」

當他講出阿卡西婭的名字時，她瞬間明白自己鑄下大錯，他慎重地勸希亞。

「妳要是想要得到我的幫助，勸妳放棄說服我的念頭，把握時間誠心誠意地向我乞求吧。」

那道聲音雖然高雅卻無比冰冷，凌駕於希亞的耳邊。在他震懾人心的力量前，希亞不得不退後一步，看來要與他做出同等協議是不可能的事情了。最後，希亞決定說出最真切的心情。

37

第三次成功

下定決心的希亞終於啟齒。

「剩下十天。」

自來到妖怪島後，她每天都在數日子，隨著數字減少，那道緊掐喉嚨的不安感也日漸痛苦，當剩下的日子來到一半時，希亞每天都輾轉難眠，不時害怕得顫抖。

「只剩十天了。」

當希亞奮力講出這句話時，像是向世界宣告，自己活在世界上的時間真的所剩不多。直視事實並講出口的瞬間，無盡的恐懼蔓延她的每一處。

「只要想到十天後我的心臟有可能被挖出來，每分每秒都讓我恐懼萬分。園藝師給我的藥草一點也沒有希望，而幫助我的朋友也受了重傷，能不能順利活下來都不知道。」

希亞之前時常去莉迪亞的房間查看藥草，可她怎麼看都看不出一絲希望，現在的她已經不再抱持期待，她不想再踏進那個空間，迎接絕望的殘忍事實，原本充滿希望的空間，如今只充斥絕望。

「現在光是回到地下室和裘德處在同一個空間，呼吸相同的空氣，我對他就……」

地下室有著另一個吞噬希亞的噩夢，罪惡感無時無刻壓得她喘不過氣。

「我擔心他永遠起不來，卻也害怕他醒來後會恨我。」

她難以承受矛盾的自己。

「當他醒來後，會對我說什麼？他要是知道我毫不猶豫地幫助害他變成這樣的夏茲，他會責怪我嗎？」

看著遲遲未醒的裘德，希亞腦海裡湧現許多想法，她真的難以承受再多的煎熬，整個人像要爆炸般，她甚至想過乾脆爆炸也好。希亞望著湯姆說道：

「你難道不能幫幫我嗎？」

希亞哀求著湯姆，桌子底下緊握的雙手不停打顫，這份真心能打動他嗎？眼前的白色面具如一堵厚實的牆壁，希亞如同屈服在神祇面前，雙手合十地祈求，小提琴與鋼琴的旋律如聖歌般奏響。

「我因為好奇其他世界的存在，所以親自找上門……」

他在短暫的沉默後，如實地說出內心想法。

「果然很特別。」

希亞整個人如麻痺般看著湯姆，一動也不動。腦海裡思緒混亂，她陷入無止盡的茫然，在腦海的千頭萬緒裡迷路。

——到底是哪裡特別了？之前是不是也聽過類似的話？

希亞的想法對其他妖怪而言似乎很罕見，她想起酒鬼說過無法理解她的想法。

——到底是為什麼呢？

希亞覺得頭暈目眩。

「好的，我決定幫助妳，妳讓我產生好奇心了。」

如迷宮般蜿蜒交錯的道路，瞬間出現了閃爍鮮豔的亮光，希亞鬆了一口氣，她望向湯姆，那張白色面具如聖人般的面容。

「真的很謝謝你。」

希亞發自內心地致謝。

他不發一語地伸出手，一條沒有任何名字的手臂從長大衣的縫隙露出。說不定維茲沃斯的手臂就是這番模樣，還是這是他自行想像過後的造物呢？希亞抱著疑問握住他的手，那股觸感十分難以形容，幾秒後他緩緩張開握緊的手，奇妙的觸感搔癢掌心，希亞感覺手掌有個異物，在湯姆收手時掉落在手掌內，希亞打開手掌，那是一塊小黏土。

「不是說了嗎？我會幫助妳的。」

他低聲說道。

希亞輕柔地握住它，柔軟的質地自掌心傳來，她的胸膛劇烈起伏，因為她明白這代表什麼意義。

「它只會變成妳想要的形狀。」

希亞聽著那道充滿慈愛的聲音，觸摸著黏土的表面，當她將意外的禮物收進口袋時，聽見他笑著說道：

「正好時間也差不多了。」

希亞抬起頭，看見路易打開餐廳的門走進來，希亞如雕像般愣在椅子上，路易走近兩人，以訝異的眼神上下端詳著與客人坐在同一張桌子的希亞。

「現在是表演的中場休息時間，我從服務員那裡得知狀況所以前來查看，妳竟然跟客人一同享用茶品……」

雖然路易的語氣仍維持著一貫的冷靜與堅毅，但能感受到話語中的不可置信，不過就在路易說完話前，客人出聲阻止了他。

「沒事的。」

他若無其事地說。

「這份熱茶的滋味很棒，因為想與料理師交談，所以提出了不合理的請託。」

他從容地看著因困惑而反應不過來的路易，語氣堅定地回覆這次任務的結果。

「我很滿意這次的到訪。」

❦

「其實我真的很訝異，沒想到妳能讓維茲沃斯認同妳。」

客人離開後，路易跟希亞走出餐廳，希亞沒有回話，她沒有打算告訴路易，其實維茲沃斯是湯姆的偽裝，她只是露出微笑。路易看著希亞，語帶生硬地說：

「雖然明白了夏茲為什麼每次都失敗，但那不重要了。」

紫色與金黃色的瞳孔冷漠地俯視希亞。

「反正再過十天，哈頓大人就會痊癒，所以現在沒有指派工作的必要了。」

路易拋下最後一句話，就直接轉身離開。

希亞的胸口如同被子彈打穿，呆望著路易的身影，他們也在計算日子的事實，讓希亞心中充滿不祥的預感，她壓抑不住這份心情，直直衝往地下室。她跑過嘎吱作響的階梯，推開老舊的木門，看見正在照顧裘德的西洛與莉迪亞，不見雅歌的蹤影，寂然無聲的地下室，看著眼前的光景，希亞的心如黑洞般無盡地空虛，整間地下室宛如漆黑的洞窟。

發現希亞歸來的西洛趕緊衝上前。

「希亞小姐！妳平安回來了。」

西洛的聲音環繞在安靜的地下室，希亞回握他伸出的手，露出淺笑。

「對，目前看來是沒事了。」

「太好了。」

大力握緊並搖晃的手停止動作，西洛抽出手並攤開掌心，用以認真的口吻說：

「那麼現在請還給我。」

希亞這才明白西洛正在等她將卷軸物歸原主，她沒有猶豫，隨即還給西洛。

西洛直到親手接下卷軸後才真的放心，希亞再次向他道謝後走去莉迪亞的身邊，莉迪亞沒有心思在乎希亞的歸來，專心地照顧裘德。

「裘德的狀態還好嗎？」

希亞小心翼翼地開口，莉迪亞用意料之外的開朗表情回答她。

「應該可以好轉！我知道裘德哥哥為什麼會這樣的原因了。」

莉迪亞雀躍地不斷說著話。

「他的體內殘有鈉依萊，只要塗抹解毒劑……」

「鈉依萊？」
「那是一種劇毒，一定是拷問時被強行灌入的。」
希亞望著呆滯的裘德。
「真的能消除他體內的毒素嗎？」
「嗯，持續塗抹解毒劑的話，毒素一定會慢慢分解的。」
聽見莉迪亞的回答，希亞感到安心，不過她腦裡閃過另一個疑問，若是連莉迪亞都能治療的程度，為什麼雅歌會拒絕呢？
「雅歌去哪裡了？」
雅歌幾乎不需要離開地下室，因為跑腿是裘德的工作，雅歌唯一一次離開地下室就是前去向哈頓求饒的時候，希亞納悶地看向西洛，正在檢查卷軸狀態的西洛察覺到希亞的視線，聳聳肩回答道：
「她去找哈頓大人了，因為哈頓大人好像發現雅歌替夏茲治療傷口，哈頓大人好像是真的下定決心要除掉夏茲，所以才將他送往女王的城堡，哈頓大人可能是要警告雅歌，別再動腦筋救夏茲一命。」
語畢的西洛，似乎認為事不關己，繼續專心地檢查卷軸，希亞仔細回想西洛所說，夏茲前往女王宮殿的意義曾聽雅歌說過，但還是有許多未解之處使她想不通。

「為什麼哈頓執意要除掉夏茲呢？」

「因為夏茲沒有讓妳失敗，使得哈頓大人無法得到心臟，所以每當妳成功完成任務時，夏茲就要前往女王的宮殿獻上貢品，讓他備受折磨當作處罰。甚至在希亞小姐成功完成餐廳服務員的任務時，哈頓大人也是抱著要殺死夏茲的念頭，讓他不帶任何的貢品，隻身前往女王的宮殿。」

希亞不敢置信地聽著西洛的說明，她完全沒有想到當自己成功完成任務時，夏茲會受到多大的折磨。當時夏茲暈倒在血泊的場景浮現腦海，也想起帶他來到地下室接受治療時，那冰冷無比的眼神，以及充滿警戒的聲音，希亞很快地甩開記憶，雖然同情夏茲的處境，但沒有必要感到罪惡感，夏茲遭受這些對待並非希亞的錯。

「希亞小姐，妳還好嗎？」

西洛發現希亞陷入沉默，擔心地在她眼前揮揮手，另一手仍保護著卷軸，忽然，那份卷軸映入希亞的視線，她想像起夏茲要西洛將卷軸帶至地下室的場景，但是愈是描繪，內心愈是更多待解的謎團。

「看來這次他也要去女王的宮殿了。」

希亞喃喃自語，西洛則是點點頭。

「沒錯，夏茲已經出發了，想必這次很難成功活下來，因為連雅歌也無法替他治療了。」

西洛無奈地咂嘴。

希亞轉過身走向裘德的房間，她不在乎夏茲會怎麼樣，他可是妨礙她的存在。

希亞清空腦袋，像平常那樣洗澡、更衣，打開冰箱，吃著從茶之房帶回來的食物。然後跟西洛輪流幫忙莉迪亞照顧裘德。被哈頓警告的雅歌一臉怏怏不平的模樣回到地下室，雖然瞧見莉迪亞和西洛還留在地下室時抱怨了一陣子，所幸沒有一直大呼小叫，那真是段可怕的時間。

希亞不知道現在該從何下手尋找哈頓的解藥，她覺得每分每秒都顯得格外悲慘。此時，莉迪亞表示需要乾淨的毛巾，希亞為了拿取毛巾走進裘德的房間。

她想起抵達餐廳的第一天，莫里波夫人拿了幾條毛巾給她，翻找衣物的希亞將手指停在不久前脫下並且疊好的褲子上頭，手指沿著突起的表面來回徘徊，她將手伸進口袋，觸摸到柔軟的觸感，她拿出口袋裡的黏土，望著差點忘記的那份禮物，希亞陷入思考，該怎麼運用這個黏土才好？但無論她怎麼思索，也想不出現在能使用黏土的機會。

希亞隱約覺得自己選擇了錯誤的方向，湯姆會送她黏土，必定有其原因，但為什麼希亞卻覺得自己一點也不需要？

她瞬間明白自己竟然在蹉跎時間，不敢置信的她宛如當頭棒喝。

——我現在到底在幹嘛？

現在只剩下十天了，為什麼腦中沒有任何的方法，自己比誰都清楚這樣耗費時間，最後會迎來什麼結局。

希亞從房間走出，將毛巾遞給莉迪亞，然後看著莉迪亞發怔。裘德身受重傷，她沒有任何的助手，希亞回想著那個她曾極力拉攏來幫助自己的夏茲，細細思索關於夏茲的每一件事，

——現在夏茲去了宮殿。

「看來正在想什麼複雜的事呢，嘿嘿。」

戲弄的笑聲在耳邊尖銳地傳來，希亞抬頭看見雅歌，她露出巨大的牙齒不懷好意地笑著，舉起套有粉紅色袖子的手臂指向希亞，希亞覺得自己心底的想法被徹底看穿，心生不悅。

希亞轉頭想躲避雅歌的視線，卻抵擋不住嘲笑的聲音。

「妳根本用不著害怕，她殺不了妳的。」

希亞吃驚地看向雅歌，那張占據她身高一半高度的巨大臉龐湊向她，雅歌咯咯笑著低語道：

「她殺不了人類。」

看著雅歌捧腹大笑的模樣，希亞才驚愕地發現眼前的女巫竟準確地看穿了她的心思。

希亞轉頭看著視線緊盯自己與雅歌的西洛和莉迪亞，然後像是對自己下定決心般地說道：

「我要去女王的宮殿。」

西洛和莉迪亞瞪大雙眼望向希亞，猶如聽見不可置信的話語，兩人吃驚得說不出話。

「這裡沒有我能做的事情了，繼續待下去只會停滯不前。」

園藝師的藥草不見效果，路易也說了不會再給予任何的任務，剩下十天的時間，她無論如何都要起身行動，首先必須離開已無出路的妖怪餐廳。

「妳瘋了嗎？去宮殿幹嘛？就算去宮殿救出夏茲，難道能改變什麼嗎？」

西洛激動地高聲說道。

不過希亞已經決定了，她察覺雅歌在身後笑得得意洋洋，希亞接續說：

「雅歌有跟我說過，唯有把夏茲拉攏過來才有機會拿到解藥，我必須讓夏茲成為我的夥伴。一直以來我都是一個人努力找解藥，但他現在是我最後的希望了。」

希亞一字不漏地記得雅歌說過的故事，即便希亞每次都很努力地想說服夏茲，最後都只換來冷血的拒絕，但是現在已經別無他法了。

希亞緊握手中的黏土，假如湯姆給她這份禮物是真的具有含意，那麼一定是為了用在這種魯莽的時刻。

「為了抓住最後的希望？要是真的成了最後該怎麼辦？妳真的知道那裡是個什麼樣的地方嗎？妳絕對無法活著回來的！」

西洛想阻止希亞，但希亞不認為自己待在餐廳能改變任何的結果，希亞安撫著激動的西洛並望向莉迪亞，莉迪亞在聽了希亞的決定後一直保持著沉默。

「莉迪亞，妳覺得如何？」

希亞開口問道。看著陷入沉默的莉迪亞，希亞試著推測她的想法，她在想著母親，還是被留下來的姊姊們呢？逐漸冷靜的西洛也用充滿好奇的眼神望著莉迪亞。

「我也想一起去。」

莉迪亞在沉默片刻後開了口。

「可是希亞姊姊應該不希望我去吧？如果我去了就沒有人照顧裘德哥哥了。」

希亞無法否認這句話。

「我會留下來照顧裘德哥哥，不過可以答應我一項請求嗎？」

莉迪亞注視著希亞的雙眼。

「到了媽媽的城堡後，請幫助我姊姊們逃走，不是一定要希亞姊姊成功救出她們，我比誰都知道那是多麼困難的事，但還是希望妳至少能試試看。」

聽著莉迪亞的請求，她不自覺望向女孩的手腕，那條手鍊緊掐著細小的手腕，將周邊的皮膚勒出一條泛紅的痕跡，希亞想起日記裡是如何描寫關於那條恐怖又痛苦的枷鎖，她希望自己能完成莉迪亞的請求。

「真是令人心痛的請求。」

西洛突如其來地冒出聲，希亞轉頭望去，只見他邊擦拭眼淚邊啜泣著。西洛用盈滿淚水的雙眼看向莉迪亞，表情真摯無比，握緊那小小的拳頭。

「好的，我下定決心了。」

西洛握緊拳頭，望向希亞。

「希亞小姐，我也要和妳一起去，盡自己的一份心力，幫助她們。」

西洛語氣堅定，嚴肅地說。黃金色的瞳孔燃起正義之火。

莉迪亞看著西洛笑得很開心，興奮地說若是龍族出面，一定能成功。希亞看著女孩期待的神情，暗自期盼別給孩子種下無謂的希望。

「莉迪亞，我會盡力的，裘德就拜託妳了。」

希亞答應莉迪亞的請求，用無邪的雙眼安心地看著西洛。

其實希亞原本就打算拜託西洛跟她一同前往女王的宮殿，但沒想西洛會主動表示願意同行，畢竟希亞無法獨自前往宮殿，她非常需要西洛的幫助。

「西洛，你之前曾跟夏茲一起去女王的宮殿對吧？」

「沒錯，希亞小姐，請相信我！」

自信滿滿的西洛，聲音聽起來鏗鏘有力。希亞將黏土放進口袋深處，即便所剩的時日不多，但全新的旅程即將展開。

前往宮殿的事前準備沒有花費太多時間。希亞將一些從茶之房帶來的食物和湯姆的禮物放進包包。在希亞整理包包的時候，準備就緒的西洛來了，他將希亞帶至房間的陽台。從陽台望去的風景，不知何時已明亮了起來。早晨的空氣清新乾淨，庭園在陽光的沐浴下折射出鮮豔的色彩，整座餐廳與庭園空無一人，一片寧靜。

希亞望向庭園，調整紊亂的呼吸，並將手上的包包揹在肩上，做好萬全準備之後，西洛突然跳下陽台，希亞不敢置信下一秒在眼前上映的光景。

消失在晴空下的嬌小身軀瞬間變得巨大，如一面大旗般於空中翱翔。他龐大的影子甚至能遮蔽整座餐廳與庭園。於空中閃爍的銀色流線隨氣流擺動，那雙炯炯有神的金黃色雙眼，迸發出難以置信的氣勢。但無論怎麼思考、眨眼確認，眼前這條巨龍就是西洛沒錯，訝異的希亞說不出話，剎那間的巨大改變使她不知所措。

看著希亞驚恐的表情，西洛開心地說：

「這是我原本的大小。」

好一陣子說不出話來的希亞，瞬間明白為什麼西洛能擔任守護餐廳機密卷軸的任務。

「再不出發，會來不及喔。」

西洛催促的音調如雷聲震動天際，希亞不自覺移動腳步走向陽台的欄杆，西洛為了讓希亞方便乘坐，將頭輕倚在欄杆邊，希亞跨出顫抖的雙腿，走向他那如山一般高大壯碩的身軀。腳底碰觸鱗片時，觸感光滑無比，希亞使盡全力抓住那猶如蘆葦草般的鬃毛往上攀爬，找到一處恰當的位置坐下。她按捺住內心的奇妙感受，靠向比自己身體還大的耳朵說道：

「食譜卷軸該怎麼辦？」

「我把卷軸放在飼養室了。反正就算我不在也不太有可能出現小偷，餐廳裡全都是有簽屬契約並效忠於哈頓大人的員工，就算外面的人想來偷食譜也會被自動檔在石橋之外。」

西洛回答後開始挪動身軀。

風掃過希亞的每一寸皮膚，心情也隨之開朗了起來，西洛以敏捷又柔軟的姿態向上飛升。轉眼間，視野變換為一整片蔚藍天空，穿越片片雲朵時，細微的搔癢感貼上皮膚，奇異的光景使希亞覺得飄飄然，她趕緊回神用力抓緊鬃毛。

「但你沒有帶走卷軸就離開的事，應該很快就會傳開吧。」

希亞擔心地說。

西洛沒有馬上回答，他似乎沒有想到這個發展，希亞一邊感受著迎面而來的風，一邊望向西洛。雖然看不見他的表情，但想必他正慌張地轉動著那對金黃色的雙眼。若西洛並不是因為放心卷軸，才願意同行的話，那他是出於什麼理由去承擔可能的風險呢？希亞陷入思索。

「當莉迪亞拜託我幫她姊姊們逃跑時。」

希亞率先開口。

「你為什麼馬上就答應了？」

希亞一邊等待西洛的回答，一邊欣賞四周湛藍的天空，這是她第一次如此真實地感受到微風和雲朵的存在，甚至能感受到每一根寒毛。還好這次西洛終於有所回應了。當西洛講話時，希亞感受到位置下方的肌肉正在收縮。

「希亞小姐，妳知道女王是怎麼管束公主們的嗎？」

隨著西洛的問題，希亞想起之前曾在莉迪亞的日記裡看過的內容。

「女王替公主們戴上手鍊，那條手鍊一旦戴上就無法拿下。女王似乎是透過那條手鍊操控公主們，也用那條手鍊逼迫她們變成另一種樣子。」

希亞不知道該如何形容莉迪亞變成怪物的模樣，支支吾吾地回答。

「妳知道得真清楚，那妳知道女王是怎麼控制那些手鍊的嗎？」

希亞回答不出來這個問題，聽見希亞的沉默，西洛的聲音穿越雲層而來。

「是女王的皇冠，只要戴上皇冠就能操控配戴手鍊的人，可以使之變成怪物，也可以使對方身受重傷，甚至可以將對方置於死地，這就是女王的力量。」

西洛還補充女王就連睡覺時，也不會將皇冠拿下。

「女王唯一會卸下皇冠的時間就是結婚典禮，女王為了要培養無數的蜜蜂大兵，一天會進行好幾次的結婚典禮，婚禮進行時因為要戴頭紗，所以會短暫卸下皇冠，當新郎與新娘宣誓時，司儀會將皇冠戴回女王的頭上。」

「蜜蜂？」

「等妳晉見女王時，就會明白了。」

聽完西洛的說明，希亞苦惱著該怎麼奪走皇冠，此時，西洛驕傲的聲音傳來。

「這可是最高機密呦，妖怪島裡僅有極少數的人知道皇冠的秘密。」

「那西洛你怎麼……」

在希亞說完話前，西洛就回答了。但是他的聲音不像剛才帶著驕傲。

「因為皇家的皇冠與手鍊，就是由龍族製造。」

西洛緩緩說明。

「龍族是相當稀有的種族，只有一個家族存在。每一頭龍會各自找尋隱密的洞窟居住，洞窟裡只會有兩樣東西，一樣是推成小山的金銀財寶，另一樣則是想來偷寶藏的小偷的骨骸。」

希亞仔細聆聽著猶如神話的故事，翱翔在天空與雲朵之間，坐在身形龐大的巨龍上，穿梭在浩瀚無垠的天空裡，她覺得自己無比渺小，一切像是一場夢，雖然直到現在的一切皆如同夢般不真實，

西洛繼續自信滿滿地說道：

「龍族對寶石與黃金有著極大的偏愛，雖然我們擁有強大的力量和魔力，但對於收集寶藏之外的事毫無興趣，當現任女王登上王位時，她在登基前對龍族提出製作皇冠的提議，雖然龍族也深思許久，但最後還是答應了請求。她要求我們用無數

的寶石與魔力，製作出世界上最美麗又強大的皇冠與手鍊，並用宮殿裡珍貴的寶石們換取。所以皇家與龍族從很久以前就是契約合作的關係了。」

聽著故事，希亞想起莉迪亞的手鍊，由五彩繽紛的寶石編織而成的精緻手鍊，的確美麗得讓人難以忘懷，這麼說來，她想起曾在日記裡看過手鍊是由龍族們製作的內容。

希亞試圖想像面貌與西洛相似的龍族打造手鍊的模樣，卻難以想像出具體畫面，希亞低頭朝西洛望去，他與口中所描繪的龍族相差太多了。

「那為什麼你沒有在洞窟裡像他們一樣收集寶藏？」

「我打從一開始就跟他們處不來，我太嬌小了。」

「現在的你可是一點也不嬌小。」

「我並非打從一開始就長得這麼壯碩，大約有一百年的時間我因為身形的差異，被家族的人排擠，我受不了他們的藐視與疏離，所以來到餐廳工作，而且老實說，我對於寶藏跟洞窟生活一點興趣也沒有。」

希亞從西洛的聲音裡，能感受到他對家族的不好回憶。

「沒想到會在家族裡遇到這種事，當時一定很難受。」

輕聲道出對西洛過往的感嘆後，希亞腦中突然閃過某向連結點，開口問道：

「所以當莉迪亞希望我們救出姊姊們時，你才二話不說地挺身而出嗎？」

「沒錯，希亞小姐，我不想錯過能終止皇冠與手鍊詛咒的機會，若是能藉此讓嘲笑、戲弄我的他們就此改觀的話，那就太好了。」

從西洛意志堅決的聲音裡能聽出他的決心。

希亞想起滿腔熱血回應莉迪亞請託的西洛，當時以為西洛只是一時的決定，沒想到背後有這麼一段故事。

希亞這才第一次想像起西洛進餐廳工作前的生活。她接續了解了身邊的妖怪在進來餐廳前的人生。西洛的人生、莉迪亞的人生、雅歌的人生、阿卡西婭的人生、貝拉的人生，她突然也想像起裘德的人生，就算他們倆是最親近的人，但她卻對裘德來餐廳工作前的人生一無所知，她想起此時此刻在地下室接受治療的裘德，殷切希望當她回去時，能看到他恢復健康的模樣，同時也浮現扛起照顧一責的莉迪亞以及雅歌的話，還有傷痕累累的夏茲。希亞在這全新旅程裡，沒有忘記應負的重量。

「我們一定要成功回去。」

希亞朝西洛低聲說道。

「這會是一段困難重重的過程，因為女王城堡裡的士兵簡直是源源不絕。」

西洛嚴肅地判斷情況，但希亞仍保持鎮定，因為她並非出於衝動而做出決定。

「但我們還是有希望，因為女王無法殺死我。」

「那是什麼意思？」

語氣訝異的西洛身體有些緊繃，希亞彎下腰向他仔細說明。

「雅歌說女王無法殺死人類，雖然我也不清楚原因，但雅歌不會說謊。」

這是當希亞失去信心、不知所措時，一道決定性的關鍵線索。

希亞用手指撫摸著背包裡的黏土，指尖的觸感愈是柔軟，她愈確定自己正朝著正確的方向前進，雖然她聽不見西洛的回答，但她知道西洛也贊同她的話語。

「西洛，還要多久才會到女王的城堡？」

「順風而行的話大概五個小時，如果天氣不好，大約要花上半天的時間。」

「感覺現在的天氣與風向對我們有利。」

輕撫皮膚的風舒適輕盈，蓬鬆的雲朵如海浪般圍繞。西洛也應聲附和，費力振翅前進，希亞遙望前方無盡的藍色大道。

「五個小時用來擬定戰略非常充足了。」

風兒清涼地貼上臉頰。

38

與女王的交易

鑽石模樣的城堡在陽光底下閃爍光芒，半透明的牆壁照進明亮的光彩，照亮寬敞的房間。當陽光灑在結實的手上時，那隻手停止了動作，手中的茶已經冰冷刺喉，房間的正中央擺放一張巨大的餐桌，上頭擺滿豐盛的菜餚，從食物的溫度即能知道這場宴席持續了多長的時間。

「已經正午了……」

夏茲的那隻手放開冰涼的茶杯。

「看來您一點睡意也沒有。」

在長如火車的餐桌彼端，那個人啜了口冰冷的茶。

「還有很多該處理的國政，哪有時間睡覺。」

女王嘆了一口氣說道。

那只茶杯無聲地加入餐桌上杯盤們的隊伍，各式各樣色彩繽紛的菜餚全都保持著原本的樣子，餐桌邊圍繞一群以固定間距待命的士兵。夏茲再度拿起杯，光是伸出手的動作就足以讓士兵們擺出攻擊姿勢。

「女王陛下明明是個大忙人，會不會花太多時間在我身上了。」

女士淺淺一笑。

「這也是一項工作啊，我在苦思要怎麼處置你。」

「我以為您打算跟我結婚。」

「那是以你會逃跑當作前提，陪你玩玩的遊戲。」

一名隨從趨上前，女王朝他點頭，並接續說道：

「不過現在你逃不出去了。」

隨從在女王的耳邊說了幾句話，她的嘴角勾起笑容，夏茲看見女王拿起鏡子，在嘴唇上塗抹唇膏，隨即明白這場宴會即將結束。

「其實我挺訝異的，那個貪婪的哈頓竟然能放棄你。」

女王露出溫柔的微笑。

「要是你也能像我女兒一樣被我訓練就好了。」

夏茲從那道和藹的語氣裡察覺到異樣，雖然他想追問女王會怎麼處置自己，但在那之前，女王已經先開口。

「該準備迎接客人了。夏茲，把前面那道眼球濃湯喝完吧，要騰出空間放熱茶給客人。」

原先以舒適的姿勢坐在椅子上的夏茲腦袋一片空白，夏茲盯著女王的雙眼，他目睹女王眼神瞬間變為冰冷的畫面，一陣寒意貼上他。

夏茲垂眼望向前方的濃湯，湯裡的眼球彷彿湊近他的耳邊發出淒厲尖叫，不斷重複嚷嚷著遙遠的回憶，家人在煮沸的眼球濃湯前慘死的表情，以及老嫗自睡夢中醒來，替他烹煮眼球濃湯的表情一一浮現，不停要他記得被深埋的記憶，不能忘記、不能忘記。

「把它喝光，否則我只能趕走客人了。」

女王的話語打破腦海中縈繞的聲音，夏茲無法說出任何話，他自那天後就沒有喝過眼球濃湯，夏茲望著女王惻隱的笑容，心懷疑問。

——妳是怎麼知道的？

此時小喇叭的聲響，震醒了陷入麻木狀態的夏茲，他隨著樂聲望去，當他看見門前的光景時整個人停止思考。

高聳的大門兩側，蜜蜂們穿著如棋盤般印有紅色與白色方塊的服裝，個個抬頭挺胸，奮力吹奏小號。當激昂的樂音止息時，大門朝兩側開啟，戴著鮮紅色假髮的小丑跳舞入場，後頭跟著身穿藍色與粉色裙子的隨從，他們模仿起芭蕾舞者，翩翩起舞地走進宮殿，在喧囂隊伍的最後方，有一名身形嬌小的女孩，身邊兩側站滿士兵，緩緩走進，當女孩進入房間時，她的視線鎖定在女王的身上。

「我名叫希亞，拜見女王陛下。」
希亞直視著女王，開朗地向她行禮，女王露出大方的笑容，迎接希亞。
「歡迎妳啊，孩子，我已經想到妳會過來找我了。」
「您知道我會過來嗎？」
希亞語氣沉著地問，其實就算女王不提起這件事，早在抵達城堡時能感覺到徵兆，當她表明自己的身分時，蜜蜂們激動的樣子就像早已等待她許久一般，面對過度盛大的歡迎儀式，希亞雖然表面上看起來無動於衷，但內心卻相當慌張。
女王喝上一口茶，親切問道：
「妳不是來幫夏茲的嗎？」
希亞這才轉頭望向一直極力假裝沒看見的夏茲，這是她第一次看見夏茲如此驚訝的模樣，夏茲面向她，整個人僵直不動，希亞再次回頭看向女王，臉上不忘帶著笑容。
「沒錯，但是女王陛下您怎麼知道……」
「你們兩個的交情，從以前就能看出端倪了。」
女王啜了一口茶，心情愉悅地哼起歌。
「看他最近很常來宮殿找我，想必是為了幫助妳完成餐廳的指派任務。」

「陛下，您有所誤會，每當我順利完成任務時，他的確會被派遣前來宮殿，但他並沒有幫助我完成任務。」

希亞態度鄭重且堅決地劃清界線，但女王卻嗤之以鼻。

「少騙人了，沒有他的幫忙，妳怎麼可能成功，就算妳說得沒錯……」

女王原本的從容瞬間消失，她的眼裡燃起不明原因的瘋狂，她尖酸刻薄的聲音迴響於整座空間。

「上次我將他送回去時，不是妳找人替他治療的嗎？」

女王的聲音如置身懸崖驚險地中斷。

「我是故意讓他身負重傷回去餐廳的，這樣妳就會感到罪惡感，親自踏上宮殿來找我。」

女王的字字句句皆使希亞感到不寒而慄，素未謀面的女王竟然精心策畫每一步棋，只為了見上自己一面，希亞猜不到妖怪島上的女王等待與自己會面的原因。此時，她忽然想起雅歌曾說過女王無法殺死自己的那句話。

希亞不疾不徐地開口，打破充斥整間房的沉默。

「我相當好奇女王陛下是怎麼知道關於我的一切，女王陛下，為何您期待我的到訪呢？」

女王露出微笑，宛如正等著希亞開口般。

「這個嘛，因為我想跟妳聊聊。」

女王輕聲回答，將視線轉向他方，希亞以為女王是轉頭望向夏茲，但整間房裡只有一個人知道女王所看的東西是餐桌上的湯碗。

夏茲盯著那碗光看就使他作嘔的眼球濃湯，他知道整間房的妖怪全望著他，也知道依據他的行為可以決定情勢的發展，如果他不喝下濃湯，騰出空間放置用來招待希亞的熱茶，那麼女王恐怕就會下令將希亞關進大牢。沒辦法了，他一手抓起湯碗，毫不猶豫地大口灌下，凹凸不平的眼球們彷彿戲謔地笑著，順著喉嚨滑下肚，那些令人厭惡的過往回憶流經全身，如洶湧的水流貫穿腦海。下一秒，當湯碗砸碎在地上的聲音響起時，女王高亢尖銳的笑聲也陣陣傳來。

「所有人都退下，我要跟這個孩子談話。」

夏茲在蜂群的包圍下走出房間，「不能忘記、不能忘記。」眼球上的瞳孔不斷縮小、放大，在濃湯裡起起伏伏，於體內的每一處唱著歌，那些無法抹去的表情們蠢蠢欲動，夏茲再也禁不住噁心感，飛快地摀住嘴巴走出房外，當他最後一次回頭時，只見希亞與女王相對而坐。

在唯有兩個人的空間，希亞終於能仔細觀察女王。女王的身形高大，由於坐得相當靠近她，希亞認為女王的身高約莫是自己的兩倍，鋪滿地上的華麗婚紗與巨大皇冠使修長的女王看起來更加壯碩，背上收起的翅膀與禮服間突出的毒針，讓這頭女王蜂的外觀更顯奇異。

希亞心想，若女王脫下婚紗和皇冠後，應該就不會擁有現在的氣勢。希亞抬頭繼續觀察，女王的面龐猶如骷髏般消瘦又蒼白，要不是那兩顆突起的眼珠發出閃光看著希亞，現在的女王肯定就像一具屍體。

女王親切地笑著說道：

「我的舞團妳覺得怎麼樣？之前曾邀請芭蕾舞團到城堡裡表演，因為太過印象深刻，因此我命令他們也練習一樣的舞蹈。」

希亞聽見芭蕾舞團受邀表演的事，便想起阿卡西婭小姐的舞姿。

「但那些舞者的程度，完全比不上真正的芭蕾舞者。」

拿起茶杯正要就口的女王倏地停下動作，希亞抬頭望著茶杯後方的女王，想像著此時她臉上的表情，女王緩緩放下杯子，那副親切的微笑早已收起。

「妳……」

女王用銳利的雙眼打量希亞。

「看來妳知道我無法殺死妳。」

希亞頓時後悔自己太過誠實的發言，女王靜靜地接續問道：

「那妳知道原因嗎？」

「我不知道原因。」

希亞有些慌張，無法直視女王的雙眼，胡亂地想伸手抓住餐桌上隨意一個碗盤，女王卻在此刻抓住希亞的手，希亞這才發現自己差點要因為食用妖怪的食物而導致心臟腐蝕，她抽回手臂，望向盯著自己的女王。

「我想聽您等待我的原因，以及為什麼殺不死我的理由。」

「我會慢慢告訴妳的。」

女王雲淡風輕地忽略希亞的提問。

「妳是怎麼抵達這裡的？」

「經由鬥牛犬所挖的洞窟過來的。」

希亞撒了謊，女王如冰塊般動也不動地望著希亞，希亞用若無其事的表情回望女王。

——應該不會被識破吧？

希亞在心底安慰自己應該不會被發現，當她知道女王無法殺死自己時，她就已經決定要獨自走進城堡，西洛躲在距離城堡的不遠之處，希亞獨自走進宮殿，那時為了說服憂心忡忡的西洛，可是費了好大的力氣。

「獨自一人啊……」

女王低聲說道，她的視線掃過房間的每一處後落在了希亞身上，女王面帶微笑地說道：

「那麼該告訴妳那件事了。」

希亞專心聆聽，她想知道女王究竟是期待她完成什麼事情，以至於無法殺死自己。女王啜了口茶後，向她問道：

「妳聽過布禮草嗎？」

聽見熟悉的事物讓希亞精神緊繃。

「有聽過，夏茲為了拿取布禮草，被惡魔烏鴉吞噬了。」

女王發出笑聲，用手托著下巴，朦朧的眼神似乎在回想許久以前的往事。

「若是要取用惡魔守護的布禮草，就必須與之交易，用妳最深愛的物品作為代價，如此一來烏鴉就會讓妳取用非常少量的布禮草。」

女王的聲音如呢喃般。

「我能安然坐穩女王的寶座，其中很大的原因是長期服用布禮草。」

原本望著虛空的視線，回到希亞身上。

「不過每次都要去深山找烏鴉交易真的太麻煩了。」

希亞像塊冰柱無法動彈，女王用另一隻手撫摸希亞的臉頰，上頭塗著華麗指甲油的指甲相當堅硬，瘦得只剩皮膚的手指，劃過希亞的臉，骨頭的觸感清晰無比，那是隻能一手蓋住希亞頭部的巨大手掌。

女王的聲音在耳邊隱隱約約地繚繞。

「關於那株藥草還有一項事實，這是只有我知道的秘密，不過看妳已經知道了，應該是雅歌透過水晶球看到的。」

女王的手抓住希亞的臉龐，她不敢輕舉妄動，女王提高了些音量，繼續說道：

「當我第一次去找藥草時，有些不滿烏鴉只讓我取走些許的布禮草。妳不覺得嗎？我都獻出最愛的事物了，結果他只給我那麼一丁點。不過烏鴉有告訴我，他說世界上只有『人類』能帶走全部的布禮草。」

女王嫣然一笑補充道：

「不過連我也不知道原因。」

說明完「那件事」的女王將手抽離希亞的臉龐，優雅地拿起茶杯，就在女王正要吞下茶湯前，希亞打破沉默。

「原來您的用意是希望我去取回布禮草。」

女王的嘴角瞬間上揚，掛上如小丑般的笑容，在那鮮紅色的嘴唇之上，女王凝望著空氣，希亞感到毛骨悚然，女王緩緩開口說道：

「沒錯，然後妳也會替我這麼做的，日落後士兵會將妳帶往種植布禮草的山上，妳只要將它們全都拔回來給我就好。」

希亞望著女王的皇冠，猶豫片刻後鼓起勇氣開口。

「如果我不願意呢？」

女王大笑出聲。

「我認為乖乖聽命行事對妳來說比較好。」

兩人都沒有眨動眼皮，直視著對方，希亞不發一語，女王似乎在思考片刻後，嘆了一口氣說道：

「我會釋放夏茲。」

「這樣還不夠，請答應我的另一項請求。」

女王皺起眉頭斜睨希亞，雖然害怕女王將自己關進牢籠，但別無他法了，希亞有必須遵守的承諾，希亞用盡全力擺出泰然自若的神情。

「請讓我參加女王的結婚典禮。」

女王一臉不解地看向希亞，希亞誠摯地發出請求。

「只要一次就好，人類是抵擋不住好奇心的，我太想把握機會親眼見識這個此生絕無僅有的婚禮了。」

希亞的手溢滿汗水，在餐桌下十指緊扣。她若無其事地盯著用懷疑眼神打量自己的女王，而女王只是一動也不動地靜靜看著她。

她明白女王不相信好奇心這個藉口，她不禁加重了緊握雙手的力道，是否該補充其他的解釋才行？在希亞腦海一片混亂時，女王開口回答。

「我答應妳，恰好一個小時後就是結婚典禮了。」

對於女王的爽快答應，希亞暗自鬆了一口氣，一個小時的時間比想像會花費的時間還來得快，然而女王卻露出詭異的微笑。

「這下剛好，司儀不久前才剛死了。」

女王起身，歪著頭看向希亞。

「哎呦，妳不知道嗎？兇手可是妳的朋友夏茲呢。」

女王呼喊房間外的隨從，在隨從開門走進屋內的期間，女王笑著對希亞說：

「就出妳來當司儀吧。」

然後逕自哼起小調，越過希亞走出房間。

希亞看著女王跟隨從低語幾聲後走出房間的樣子，無須猜測女王要求她擔任司儀的用意，因為司儀是婚禮的要角，在全場的注視下很難有機會耍小聰明，希亞看著隨從們走向自己，內心暗自歡呼，因為司儀可是整場婚禮最容易掉包皇冠的人。

為了一個小時後即將舉辦的婚禮，必須抓緊時間讓希亞進行成為司儀的準備工作，隨從們簇擁希亞，將她帶到一個寬敞的房間，忙碌疾走的隨從們如雞蛋時間般進進出出，在掛滿水晶吊燈的房間裡，無數件衣服與鏡子在眼前飛來飛去，為婚禮司儀準備的華服與飾品堆滿希亞的周遭。

希亞朝著替自己更衣、打扮造型、挑選飾品的隨從艱困地大喊道：

「司儀沒有台詞或流程表嗎？」

在距離她幾步路的一處傳來回答。

「沒有那種東西，小姐，妳只要隨便亂說幾句就好。」

當那個人這樣回答她時，希亞腰下的衣物已經迅速地更換了三次。

——隨便亂說嗎……

希亞回想起司儀的模樣，將腿放進連身褲中。

——首先要祝福新郎、新娘，對於往後的婚姻生活說幾句勉勵。等等，他們會有婚姻生活嗎？

當希亞納悶著新郎在哪裡時，隨從整理起背帶與褲寬，希亞無意間低頭望著連身褲。

——司儀竟然穿連身褲？妖怪們的服儀跟人類的認知如此不同嗎？

此時，她看見衣服上有道口袋，以若無其事的語氣說道：

「我要穿這件。」

決定好服裝後，剩下的準備則是以速戰速決的方式進行，只要選出能搭配連身褲上的紅色方格花紋即可。

「去完婚禮會場後，還會再回來這裡嗎？」

希亞向帶領自己走出房外的隨從們問道：

「小姐，不會回來的，儀式結束後將會送您至客房休息。」

「那我要帶上包包。」

希亞拿起自己從餐廳帶來的包包，雖然隨從們以質疑的目光仔細翻找包包的裡外，但確認裡面只有人類的食物後就容許希亞揹著它。一切準備就緒的希亞跟著忙碌的隨從，移動至典禮會場。

會場裡除了新娘之外，所有人都已就定位，整座空間由白色的大理石與玻璃裝飾而成，地上撒著棉花花瓣，鋪成新郎與新娘的入場走道，兩側有著以黑色桌布妝點的圓形餐桌，外圍擺放了一圈黑色椅子。有別於以黑白雙色作為設計的空間，台下的賓客們身穿紅色、藍色、紫色、粉紅色、橘黃色、綠色等形形色色的華麗服裝，另一邊的演奏樂團穿著深粉紅色的表演服裝。場內的士兵們則是穿著紅黑色的棋盤花紋制服，聚集在一塊。

希亞突然覺得自己的紅色方格連身褲顯得相形失色，會場裡的蜜蜂們感覺下一秒就去參加遊行也不為過，然而在一片花花綠綠之中，有一個人顯得格外突出。

希亞望著站在司儀台一旁的男子，他一身整齊的黑色西裝，毫無動作地呆站在原地，一眼就知道他是今天的新郎。

希亞依照隨從們的指示站在司儀台後方，將背包放在桌子底下，司儀的位置與新郎相對，他看起來緊張到彷彿連呼吸都是暫停的狀態，賓客、樂隊、士兵們猶如活在另一個紛亂吵雜的世界，希亞看著與其他蜜蜂的衣著形成對比的新郎。

「恭喜你，今天是大喜之日。」

希亞主動開口。

原本僵直佇立的新郎緩緩移動瞳孔，當希亞與他四目相交時，希亞嘴上的笑容瞬間收起。新郎的瞳孔失神，一雙蒼白的嘴唇不停發顫，他並非緊張，而是恐懼。

他開啟那顫抖的雙唇，一切太過突然，導致希亞反應不過來那雙嘴裡衝出的話語，新郎朝著希亞一番辱罵，希亞驚恐得不知如何是好。不久後，新郎忽視希亞的存在，低頭垂眼直盯地板，身軀仍不斷發抖。

「妳稍微體諒一下。」

身後傳來一道聲音，正想轉過頭查看時，夏茲已像條蛇般移動至司儀台前，他將雙手放在台上並說道：

「妳恭喜一名將死之人，當然會被罵。」

希亞驚訝地望向夏茲，她沒想到夏茲也會參加結婚典禮。

「將死之人？」

夏茲用下巴示意新郎的方向。

「結婚典禮一結束，新郎就會死，女王蜂為了要產下大量的蜜蜂，所以在司儀宣布兩人正式結為夫妻時，女王會馬上吸取對方的靈魂。」

希亞想起西洛曾說過關於女王結婚的背後真相，轉頭望著可憐的新郎，夏茲低頭看向希亞，雙眼直視她。

「不過妳為什麼會來這裡？」

夏茲的語氣冰冷，希亞凝視著他認真的雙眼。希亞來到女王城堡的原因有許多，當她思考該如何統整為一句話時，旁邊的隨從悄悄湊近希亞耳邊。

「距離新娘入場還有五分鐘。」

——這麼快？

希亞抬頭朝新娘預計入場的大門望去，緊張得心跳加速，她要執行司儀職責的時間一步步逼近，夏茲毫不猶豫地轉身移動至賓客席，看著他離去的身影，希亞焦急地問道：

「我要說什麼才好？」

就連希亞也不知道為什麼要問夏茲這個問題，或許因為夏茲是希亞在這裡唯一認識的人，管不了那麼多的她等待夏茲的回應，夏茲邊走邊回頭望向希亞。

「放輕鬆。」

夏茲用揶揄的語氣說道：

「反正都是逢場作戲。」

夏茲講完回到位置，奇怪的是，希亞聽見他的回答後心情似乎平靜許多。

此時樂隊開始吹奏樂器，為了待會兒新娘入場時能順利進行，他們正在進行彩排。希亞看向身穿粉紅色服裝的演奏者們各自忙碌於手上的樂器，他們演奏的音樂是超乎想像地荒腔走板，可怕得讓人懷疑他們是否真的有練習過，希亞蹙眉盯著樂團，一旁的隨從發現希亞臉上的表情，隨即開口解釋。

「樂隊並非一直都這樣的，是因為上次跟夏茲結婚時，他與那條龍把資深的樂團成員與精銳的士兵們全殺死了……所以現在看到的樂隊是緊急招集剩下的蜜蜂所組成，因此才比較生疏……」

後方有一名隨從打了一下那名多嘴的隨從，他只好乖乖閉上嘴巴。希亞啞然失笑，在婚禮上穿著不正式又鬧哄哄的賓客、演奏得不堪入耳的樂隊、嘻皮笑臉的士兵們……這樣看來真的是一場喜劇。

希亞頓時豁然開朗，心情輕鬆地望著新娘入場的大門，所有準備已經完成。隨從望了一眼時鐘，秒針精準地走到刻度的位置，所有人的視線一致聚焦在同一處，希亞調整呼吸。

「新娘入場。」

巨大的門緩緩開啟，一片黑暗之中新娘穿上純白的禮服，如幽靈般佇立，拿著藍色捧花的新娘雖然很美，卻帶著一股陰森的氣息，她那宛如骷髏的臉龐上，一雙突起的眼球帶著駭人的眼神，雖然她距離希亞還有一段距離，但希亞知道女王的眼神正盯著自己，兩人的眼神在剎那間如海浪般相互撞擊。

樂隊詭譎的演奏在會場內響起，新娘如滑行般滑進會場，她那震懾全場的氣勢讓賓客們直哆嗦。

希亞的心跳也跟著加速，新娘的眼神從未離開過希亞，兩人的距離緩慢地縮小，希亞也不轉移視線，用那隻在司儀台後方的手摸了摸口袋，柔軟的黏土觸感自指尖傳來。

新娘已經來到司儀台前，然後用手挽住整個人蒼白顫抖的新郎，新郎感覺隨時都會發出尖叫，純白色的會場與黑色的餐桌椅，再加上身穿白色婚紗的新娘與黑色西裝的新郎，讓人彷彿置身在黑白照片中，在這場無色彩的婚禮上，那些穿得紅紅綠綠的賓客像是擅自潑上油彩的不速之客，希亞覺得身上的紅色格紋連身褲使自己宛如一名小丑。樂隊的演奏停止，所有人將注意力放在新郎、新娘與希亞身上。

希亞緩緩開口。

「真是個好日子。」

希亞想到什麼就說什麼，台下的人則是一臉嚴肅地專心聆聽。

「有情人終成眷屬，我相信兩位一定可以幸福美滿。」

希亞從沒仔細聽過婚禮司儀的台詞，她只能看著空氣擠出一些句子。

「我相信包含我在內，以及今天出席婚禮的貴賓們皆會真心祝福兩位，那麼，從現在開始……」

希亞瞥了一眼新郎與新娘，新郎仍維持與剛剛一樣的姿勢，雙眼盯著地板，全身發抖；新娘則是看著希亞打了一個哈欠，看來目前為止沒有太大的問題。

希亞鼓起勇氣，提高音量說道：

「我正式宣布兩人結為夫妻。」

當希亞語畢，隨從們捧著皇冠來到司儀台，巨大的皇冠鑲嵌著透亮華麗的寶石，放置在乳牛花紋的軟枕上。

希亞為了接取皇冠，從司儀台走向隨從，她每跨出一步，心跳聲就愈大，怦咚聲響如大鼓般敲擊，希亞用極其緩慢的速度朝皇冠伸出手，她的掌心冒出手汗，差點用掉皇冠。現在只剩新娘脫去頭紗後配戴皇冠，儀式就結束了。

希亞捧著皇冠回到司儀桌，新娘低下頭準備戴上皇冠，這是個所有人屏氣凝神的時刻，希亞緩緩遞出皇冠，心跳愈來愈快，捧著皇冠的手也在顫抖，下一秒，皇冠應聲墜地，在一片寂靜當中，皇冠的掉落聲如轟雷般迴響整座會場。

「啊，真是抱歉。」

希亞泰然自若地在司儀台後方彎下腰，並且深吸一口氣，當她撿起皇冠後，挺直了腰桿，將皇冠舉在高空中。賓客們紛紛鬆了口氣，希亞馬上將皇冠捧向新娘的上方，新娘似乎絲毫不在乎剛才的突發意外，她的頭紗如被風吹拂般自然地向下滑落，希亞小心翼翼地將皇冠放在新娘的頭頂。

希亞望著戴上皇冠的女王，如機器般朗誦最後的台詞。

「妳現在可以親吻新郎了。」

此話一出，新娘的鮮紅嘴唇勾起笑容，在婚禮進行時一臉蒼白，不斷發顫的新郎則是瞬間雙腿無力，但就在新郎的身體碰到地板前，女王已經飛快地撲向新郎的上方，比起一般婚禮上的誓約之吻，眼前的場景更加迅速又極具攻擊性。

希亞在新郎發出尖叫前閉上雙眼，但阻斷了視覺卻讓聽覺更加鮮明，雙唇碰觸的吸吮聲在寂靜中奏響，希亞睜開一絲縫隙望去，只見朦朧的視野裡，新郎的頭彷彿塞進女王的口中，希亞再度緊閉雙眼等待，罪惡感與同情心油然而生，她在司儀台下方握緊雙手。

那道可怕的親嘴聲終於止息，再也聽不見任何的聲音，希亞睜開眼，只見女王神情疲憊，她舉起骨瘦如柴的手擦拭嘴角，若是稍微移動視線，就能見到女王腳邊一塊黑色的身影，因此希亞故意不往女王的方向看，將頭撇過。

隨著女王的眼神示意，樂隊再度開始演奏，女王姿態優雅地轉身看著進場的大門，弔詭的旋律響徹整座殿堂，女王隨著節奏，提起藍色的捧花逕自邁步走出會場，希亞呆望女王擺動長垂至地的裙襬，如同一隻巨大的幽靈在空中擺動。

東拼西湊的樂音經由空氣流進希亞的耳內，讓她心情難以言喻。待女王一走到門前，兩名隨從自兩側將門打開，女王頭也不回地走出會場，隨從與士兵們見狀趕緊急急忙忙地跟上前去。

新娘退場後，會場也隨之迅速淨空，希亞出神地看著蜜蜂們慌張離開會場的光景，士兵們走向坐在賓客席上的夏茲說了幾句，然後在希亞注視下，他與士兵們一同走出會場。

用不了多久，也有一群隨從走向希亞，她拿起背包緊跟在他們身後離開會場，城堡內的蜜蜂依然毫無歇息地飛來飛去，希亞一邊跟著隨從們，一邊仔細查看在城堡內東奔西走的蜜蜂，似乎沒看見公主們的身影。

——公主們不用參加結婚典禮嗎？

他們一同走下了好幾層樓，最後停在一道房門前，隨從打開門後用眼神吩咐希亞進房，隨從們進到一間貼滿藍色壁紙的房間，裡面整齊擺放了床鋪、方櫃、衣櫥等白色傢俱。

「白天請在這間房間休息，傍晚時分士兵會帶小姐前往山裡。」

隨從們向希亞說明接下來的行程。

畢竟女王答應讓她參加結婚典禮，她也必須依約至深山帶回布禮草。

希亞坐在床上，不過是參加了一場婚禮卻感覺用盡體力，希亞抬頭望向隨從們的面容，其中一名是在婚禮上不小心與希亞說明過多的隨從，希亞朝著他問：

「夏茲人在哪裡？」

對方神情為難，眼神飄向他處。

「小姐，不好意思，我無法告訴妳那麼多。」

隨從們似乎認為自己的任務已結束，紛紛走出房外，希亞再度開口詢問。

「我聽說城堡內有公主，但好像沒有看到她們。」

那名單純的隨從雖然試圖開口，卻被其他的隨從拉出房間。

「晚安。」

這句制式的道別代表了謝絕任何問題的態度，房門隨之緊緊關閉。

希亞朝緊閉的房門嘆氣，她沒有從隨從身上得到任何一點收穫。

她轉過頭，望著牆上的時鐘，因為結婚典禮的關係，她沒剩多久的時間可以休息，她必須補充體力面對幾個小時後即將迎來的挑戰，她拿出背包裡的食物吃了幾口，再簡單沖個澡，換上房間裡準備好的乾淨衣物，然後躺在床上回想一下計畫，很快就進入夢鄉。

夢境裡，希亞是婚禮的司儀，她在司儀台上不斷說著話，然後下一秒新郎就昏倒在地，雖然她急忙上前查看，但會場裡除了希亞以外，沒有人在乎新郎的狀態，賓客們發現希亞罔顧婚禮的進行，只顧著叫醒新郎，紛紛出聲指責她，不知所措的希亞環顧四周，賓客全是她熟悉的人們，裘德、莉迪亞、西洛、夏茲，希亞看到他們很開心，試圖呼喊他們的名字。

但是希亞的表情很快自安心轉為僵硬，他們一個個指著她竊竊私語。裘德朝她搖頭，莉迪亞朝她指指點點並不時與西洛交頭接耳，夏茲則是站在最後面，雙手交叉於胸前，面無表情地盯著她看。希亞拚命想要向他們解釋來龍去脈，但她的聲音卻無法傳遞至他們的耳邊，希亞感到恐懼萬分，她為了更靠近他們不斷地扭動身體，此時一名監視希亞的隨從開口說話，其聲音緊緊束縛了她。

「小姐。」

「小姐。」

「小姐。」

39

西洛的計畫

有人拍拍希亞的肩膀，仍在扭動身軀的希亞睜大雙眼發出尖叫聲，她在朦朧之中看見幾道身影在房內，她瞬間清醒宛如從未真正睡過般，房間內有十五名左右，身穿盔甲的士兵和兩名隨從看著希亞。

希亞很快就明白他們在房內的用意，她轉頭望向窗邊，天色已是一片暗紅。

「妳必須啟程拿取布禮草了。」

希亞沒有一絲猶豫，立即下床盥洗、更衣，隨後帶上背包。在希亞準備的時候，隨從和士兵如銅像般一動也不動地注視著希亞的動作，當希亞準備完畢後抬頭望向他們。

那名單純的隨從左顧右盼，小心翼翼地開口問道：

「那個……小姐不會飛行，對吧？」

希亞這才明白他們不斷瞄向窗戶的眼神用意。

「我要從門口用走的出去才行。」

聽見希亞堅定的回答，隨從們難掩失望的神色，將希亞帶出門外，而士兵們則是一臉嚴肅地跟在後頭。

在完全日落之前，宮殿一片寂靜，如冰塊般閃爍晶瑩光亮的宮殿，今天感覺格外冰冷，希亞跟著隨從走至最下層，沿路看著這麼多房間，她不斷猜想公主們會在哪一間，不過她沒有時間多做思考，士兵們不僅戒備森嚴，同時也在後方加緊腳步，催促希亞前進，一行人很快就走出宮殿。

走在白天曾走過的草地上，希亞盡可能地裝作若無其事，謹慎地左顧右盼，隨風搖擺的高大草叢間，看不見任何東西的身影。

「那座山並不遙遠，但如果拖拖拉拉是沒有好處的，大霧瀰漫的情況下，絕對是寸步難行，霧氣唯有在夜晚才會消散，而且那座山很陡峭，必須在視線良好時才能上山。唉，其實有此一說，那些白霧並非霧氣，而是風的屍體……」

隨從在希亞的耳邊絮絮叨叨，但希亞卻一個字都沒聽進去，她將注意力放在周遭的風吹草動，陰森的風如撫摸髮絲般搔過草叢。一眼望去僅有清澈的天空與嫩綠的草叢，她的手開始滲出汗，高大的草根搔著皮膚的每一處，但由於她緊繃著神經，所以沒有任何特別的感受，隨從的話如背景音樂般在耳邊播放。

此時，風的來向變成一道火焰，希亞緊緊閉上雙眼，甚至不自覺地停止呼吸。

「好了。」

熟悉的聲音讓希亞下意識睜開雙眼，她看見自搖曳的草叢間走向自己的西洛，看著熟悉的身影，希亞激動得差點掉下淚。

「西洛！」

希亞大叫出聲，想提起雙腿走向他，但希亞隨即發現四周的變化，她的雙腿癱軟，跌坐在草地上。

原本帶著自信笑容的西洛，看見希亞癱軟的模樣，趕緊跑上前去。

「希亞小姐，妳還好嗎？」

希亞無法出聲回答，西洛很快就明白希亞虛脫原因，他沒有多說一句話，僅是嘆了口氣，輕拍她的肩膀並說：

「希亞小姐，他們全是對女王百分之百效忠的臣子，如果沒有在這裡將他們化為灰燼，他們會回宮殿告發我們的。」

西洛望著希亞，語帶堅定。

「若是對他們每個人的死皆耿耿於懷，那麼我們就無法執行計畫，也無法遵守承諾了。」

希亞沒有反駁，她明白西洛的話沒有錯，她抬起頭望著西洛，那雙熟悉又溫暖的金黃色瞳孔，仍散發著溫柔的光芒。

「……皇冠，妳帶來了嗎？」

西洛開口問道。希亞輕輕點頭，打開背包，西洛將視線移至背包內，開心地笑了，但希亞還是無法全然放心。

「可是西洛……我還是沒找到公主們和夏茲的所在位置。」

西洛的笑容像是要她別擔心。

「不要緊的，我躲在這裡時，看見士兵將他們帶往海邊一側，離這裡不遠，不會花上很多時間。」

兩人加緊腳步前往西洛所說的方向，雖然飛行的速度較快，但西洛化為正常大小的模樣容易被女王的巡視衛兵發現。即便希亞說城堡裡的蜜蜂全在睡夢之中，沒有看到任何巡視的衛兵，但西洛說依照他的經驗，大部分的蜜蜂會將自己藏匿於無形，隨時監視宮外的狀況，處於備戰狀態。聽到西洛如此一說，希亞也只好在草地上小心地奔跑而行，一手緊握著那頂皇冠。

❦

眼前是一片昏暗的天光，模糊之中不斷有形體撲向自己，夏茲吐著厚重的氣息，他好疲憊，渾身無力，夏茲使勁閉上雙眼，對著撲向自己的某物刺了過去，他感覺到手的那頭有著濕潤又溫熱的觸感。

——我想再睡一下。

他將失去力氣，癱軟在地的形體丟至一旁，低聲呢喃。不過那些不知名的形體卻一個個如發射砲彈般不斷襲來，他為了阻擋這一切，伸出手，揮舞如刀刃般的指尖，當他整隻手染上鮮紅的液體時，黑色的羽毛自全身的每一寸皮膚竄起。

他胡亂地攻擊眼前的東西，一邊用眼神傳遞心中疑問。

——為什麼要對我這樣？

他感到混亂無比，這裡是哪裡、現在是何年何月、我又是誰？一連串的問題在腦裡翻攪。在隱約之中，剎那間他看見那些掠過眼前的物體配戴著閃閃發亮的手鍊，他奮力刺向某物後，緊盯著那條手鍊，他在迷霧瀰漫的記憶裡找尋手鍊的主人是誰。

「要是你也能像我女兒一樣被我訓練就好了。」

那道聲音在記憶中縈繞，他直到現在才知道自己和誰在鮮血中搏鬥，化為怪物的公主們，個個失去理智不斷撲向他。夏茲如迷失方向般搖搖晃晃，邪惡的深黑侵蝕他的心智，被黑色羽毛覆蓋的手劃過怪物的喉間，他的瞳孔化為無盡深淵，腦袋如冰塊般靜止不動。

她們仍不放棄地撲向他，夏茲知道這件事不會結束。當知道結局永遠不會劃下句點時，那股絕望感就會緊勒脖子，他愈是想掙扎，難以言喻的情緒和內心衝動就愈蛀蝕心靈，所有的意念與信念早在許久之前就如煙霧般淡薄，自長期拘禁中解放的犯人，貪婪地在自由的雨水中赤腳跳舞，那些極力想要忘卻的感受與記憶，殘忍又鮮明地在腦裡播映，因為哈栢解除了可以限制他體內惡魔的契約。

在漆黑羽毛包圍的深淵裡，夏茲忍住氣息，劃開腹部、割開喉間的觸感歷歷在目，來到餐廳之前，曾死在他手上的人們包圍著他，那些記憶中的臉龐開闔著唇語帶哀求。

「我喘不過氣了，別勒脖子，乾脆用槍一次解決吧。」

那是個慘不忍睹的時刻，好多張臉湊近夏茲的身邊，他拚命揮手，亟欲擺脫，但無論怎麼又刺又捅，他們仍在眼前揮之不去，無法閉上的雙眼迸出眼淚。

——老嫗去哪裡了？

夏茲別無他法，不禁尋找老嫗的下落，昨天吞下的眼球濃湯好像湧上喉嚨，那些人倒在滾燙濃湯前的光景，如閃光燈般乍現在眼前，他真的累了，夏茲無聲地掙扎，他真的筋疲力盡。

夏茲在黑色的羽毛間感到徹底的死心，腦袋一片空白，全身無力。

——靜靜等待所有記憶和意念消失就好，不會花很久的時間。

他催眠自己，有人曾說一切皆取決於自己的選擇，而他給出了他的答案，沒有任何事物能違背命運，命運緊緊纏繞他的靈魂。

他屏氣凝神地等候，放眼望去四周轉為血紅，一切希望與等待全都中斷，墳墓裡的死囚全都跳出墓地，高喊他的罪名，期待新結局的牌卡全都毫無意外地被打回原樣，沒辦法，這就是他的世界。夏茲在陷入混沌的世界中央頑強抵抗，他失去理智胡亂攻擊，用利爪劃開怪物、用嘴撕咬那些形體，他的眼前一片漆黑。

「你現在沒事了。」

腦海裡如龍捲風肆虐的聲音之中，有道最細微的呢喃聲留下痕跡，他往那道聲音望去，發現一名戴著皇冠的孩子，他想開口說話，卻發不出聲音，他使盡全力用身體發出悲鳴，但伸手可觸及之處盡是支離破碎的畫面。

——我感覺得到妳正看著我。

用利牙撕咬，並揮動著利爪。

——別丟下我。

全身抽搐，失去控制。

——救救我。

跟著西洛走至海邊時，希亞的心宛如被重擊一拳，在一座大如火山口般的凹地內，有一個被黑色羽毛包圍的人型發狂地四處疾走。

希亞一眼就知道那是夏茲，而那些與莉迪亞一樣變身成為怪物的公主們，對夏茲露出尖牙與利爪，不斷攻擊他。夏茲抵擋攻擊的手臂傷痕累累，指甲已是鮮血淋漓，他的雙眼如屍體般死氣沉沉。

希亞呆愣在原地，她只聽過夏茲身上的詛咒，卻沒真正見過那副駭人的模樣。

「天啊，真是最糟的狀況了。」

西洛發出驚呼。

「希亞小姐，他現在已經失去自我了。因為哈頓無法再抑制夏茲體內的惡魔，他現在又被女王控制的公主們強烈攻擊，所以他身上的詛咒被啟動了。」

眼前是個慘絕人寰又毫無理智可言的驚悚光景，必須想辦法停止才行。

希亞戴上皇冠，她在婚禮上假裝掉落皇冠，趁機將背包裡用湯姆的黏土所製的假皇冠掉包。

希亞在莉迪亞的日記上，看過皇后是怎麼透過皇冠控制公主的段落，她整理著一路奔跑過來的紊亂呼吸，望向凹地，那裡已是一片鮮紅，她的心臟大力跳動著。

「停止。」

希亞努力讓自己的聲音傳達給陷入瘋狂狀態的公主們，但公主們依然如飛彈般撲向夏茲，胡亂撕咬，鮮血在他們之間傾洩而出，地上的血跡逐漸擴大。

希亞壓抑住想尖叫的衝動，集中精神在皇冠之上，持續複誦。

「回來。」

希亞緩慢地唸出每一個字，像是將這些字眼烙印在公主們的腦海中，而她們似乎也開始聽見配戴皇冠的少女口中的聲音，逐步慢下攻擊的速度。

希亞用殷切的語氣鎮定地說道：

「請想起自己是誰。」

離夏茲最近的公主最先停止動作，她的雙手緊抓頭部，原本凶狠的眼神化為驚恐的目光，變回原樣的她望向其他公主，大喊她們的名字。

「奧莉維亞！」

另一名公主呼喊著她的名字，並且走上前。尋找姊姊的她，全身毛髮消退，看起來相當不知所措，並發出尖叫聲。

聽見大姊的名字後，剩下的公主也漸漸變回原本的面貌，希亞看著公主們逐一恢復，感到心安。她朝夏茲望去，而夏茲仍被黑色烏鴉羽毛包圍，整個人僵直在原地。

希亞朝虛弱發顫的他，輕聲說道：

「你現在沒事了。」

漆黑的夜空漸漸抹上天光，浪濤的聲響在耳邊沉穩響起，原本兇惡的面貌也在淡柔的月光下被洗淨、褪去。恢復原樣的公主們看上去格外疲憊，西洛走上前確認公主們的狀態，並且對感到混亂的她們說明來龍去脈，而希亞的目光仍緊盯著公主們中間的黑色人影，他的全身持續顫抖，無論希亞怎麼呼喊他，他依然沒有反應。

希亞朝著他走過去。

「請別靠近他！會很危險！」

攙扶公主們的西洛在身後說道。

希亞陷入兩難，夏茲的身體不停發顫，最後她的雙腿還是趨上前至夏茲的身邊，一靠近他就能發現他的手腳以極度不自然的方式彎曲，流淌著鮮血的利爪如新月般銳利，希亞憋住呼吸，他的雙眼兇惡又暴戾，希亞一鼓作氣走至他的面前。

希亞緩緩伸出手，她的行動被夏茲視為攻擊，他瞬間揮舞利爪反擊，但希亞不顧一切，又更靠近他一步，細長銳利的利爪劃過希亞面前的空氣，飄散出血腥味。

希亞閃避著在空中失去方向的指尖，皇冠自頭上掉落，她的心臟如紙片般雜亂無章地跳動，她全身發顫地靠近夏茲，夏茲驚覺希亞即使發著抖仍試圖靠近自己，讓他陷入更深的混亂，他想不明白眼前的這個人為什麼明明害怕卻執意靠近自己，這究竟是攻擊還是戰術，還是對於他的高聲呼救所傳來的回應。

——救救我。

這是夏茲從許久以前就高喊過的呼救訊號。自從他回家看到一家人全被滅口的那天開始，直到被烏鴉吞噬時，他內心的恐懼日益蔓延，如瘟疫般猖狂地啃咬他的心靈，他雖然在其中極力掙扎、大聲呼救，但就像在水面上寫字般毫無意義。無論怎麼書寫，也不會有人發現，他被絕望包圍，失去希望，陷入至深的泥沼中。

此時他感覺到有東西靠近自己，雖然下意識地掙扎了，但當他意識到對方也在發抖時，夏茲逐漸停下動作，希亞見狀，明白夏茲已經不會對自己造成威脅，因此打開那扇被黑色羽毛所覆蓋的泥濘之門，闊步走了進去。

開了門後，只見少年如麻痺般全身僵硬地站在原地，希亞望著那張如雕像般的臉龐，而少年也直盯著那位前來見他的少女。他認為少女會殺死自己或是馬上逃離，因為他已有過好幾次經驗，無論他刻字刻得再怎麼急切，還是沒有人能讀出水面上的字跡。

但那名少女打破了這個輪迴。

「放輕鬆。」

冷靜的聲音溫柔地包圍四周，攻擊的手勢早已停止，陌生的溫度貼近他的皮膚，夏茲這才明白，在水面上刻畫字樣的水波愈來愈強，已經碰觸到她了。

希亞如今不發一語，伸手抱住夏茲，水面的波動如淚水般湧上心頭。

希亞抱著他，身體緊繃地沒有任何動作。脈搏因緊張大力地跳動著，兩人緊貼的心跳如合音般契合，海浪的聲音靜靜在耳邊迴盪。兩人就這樣站著許久，感受到彼此都逐漸恢復平靜，急促的呼吸聲也恢復正常的狀態。

他輕聲在耳邊低語。

「妳為什麼要這樣？有可能會受傷的。」

希亞聽得出來，夏茲原有的冷酷語氣已經消失。

希亞沒有馬上回答，僅是深呼吸，她的腦袋一片空白，一時想不出隻字片語，只好隨意並小聲地說道：

「你不是給我食譜嗎？」

夏茲淺笑了一聲。

「那是一時衝動。」

「我知道。」

不知不覺中，希亞手臂裡的那些黑色羽毛如玻璃碎片般掉落，她喃喃自語。

「所以……我認為我不會受傷。」

希亞鬆開雙手，直視著夏茲的雙眼。希亞舒展了緊張的神情，露出微笑，然後轉頭望向公主們。

公主們用疲憊的眼神望向希亞，她明白那代表的含意。希亞望著每一名公主，在心中猜想誰是誰，她們的手鍊在月光的照耀下發亮，光是用肉眼就感覺得到那囚禁的痛苦，心中盡是憤恨不平，對於那道枷鎖怒不可遏。

此時，西洛衝向空中，展開巨大的身軀，希亞發現地上的皇冠已經不見蹤影，她抬頭望著西洛飛往天際，他自海邊飛向大海中央，然後一道閃爍著月光的物品隨之掉落。

撲通。

皇冠掉落在海裡的聲音格外清脆，很快地只剩平靜的海浪聲傳來，雖然手鍊仍像傷疤般留在公主們的手上，但所有人都知道它已不具任何效力了。

公主們不發一語望著吞噬皇冠的大海，希亞開口說道：

「我答應莉迪亞了。」

公主們的臉上面露驚訝，希亞接著說：

「請找回各自的自由吧。」

那是一句帶有眾多意義的話語，宛如宣告解放的鐘聲響起，四周一片安靜。

「可惡，終於結束了。」

出聲打破短暫寂寞的人是格瑞絲。

她嘴裡又辱罵了幾句後癱坐在地，將臉頰埋入雙手的手掌間。

「格瑞絲。」

一名看似年紀最大的姊姊呼喊了她的名字，但格瑞絲仍沒有抬頭，用無精打采的語調說道：

「奧莉維亞姊姊，妳相信嗎？這一切終於結束了。」

宣告這一段苦日子終於結束的聲音，讓其他的公主也難以置信地嘆息。

「真不知道該怎麼感謝妳。」

奧莉維亞走向希亞，朝她致謝。希亞看著奧莉維亞，發覺她的眼睛與莉迪亞有幾分神似之處。

「莉迪亞……那孩子還好嗎？」

看著奧莉維亞擔心的神情，希亞馬上就明瞭為什麼她會如此思念姊姊們。聽見奧莉維亞的擔憂，其他的公主們也回過神來，聚集在希亞身邊問著莉迪亞人在何方做些什麼，過得好不好，會不會思念姊姊們，一個人是否好好克服過來了……

希亞回答完一長串的問題後，向公主們問道：

「各位現在打算怎麼做？」

公主們面露為難，這不是三言兩語即能回答的問題，眾人陷入短暫的沉默。

「不知道。」

奧莉維亞開口問道：

「那你們呢？」

希亞望向西洛。

西洛雖然已回到希亞一行人所在的海邊，但仍維持著巨大的身軀。

「我得趕緊離開才行，在他們察覺異樣追上來之前離開。」

希亞低聲說道。

「附近的士兵由我來處理就好，宮殿的人應該預計希亞小姐會在黎明時回去，應該還不會那麼快就追過來。」

西洛看著希亞。

「不過唯一的問題應該是他。」

希亞沿著西洛的眼神，轉過頭去。只見夏茲一臉不悅地站著，西洛咂嘴說道：

「偏偏是翅膀受了傷。」

「因為她們一起撲過來。」

夏茲頂嘴說道，西洛搖搖頭。

「我還以為已經不會再讓你坐上我的背了，真是遺憾。」

「對不起。」

格瑞絲滿是愧疚地道歉。

「哈哈哈，沒有關係的。」

西洛大笑幾聲，難為情地回答。

希亞抬頭朝城堡的方向望去，隨後望著未光的天空，放下心中的大石，原先的計畫全都成功了，尖彎的新月在天空上散發光芒，該是離開的時候了。所有人都帶著相同的想法。

希亞朝公主道別，她們的臉上雖然帶有歡喜與期待，但也能看出些許的不安與混亂，如同莉迪亞即便埋怨女王，但還是忍不住思念母親般的複雜心情般。

「請趕緊逃到女王找不到的地方吧，快點。」

希亞催促著她們並與夏茲一同坐上西洛的背。

「我會飛高一些，避免讓宮殿的士兵發現我們。」

西洛說完後，隨即衝往高空。希亞緊抓著西洛的鬃毛，夜晚的涼風掃過全身，他們穿過雲層，柔軟又刺激的觸感撫過身軀。當她放鬆時，四周全是漫天星辰，星兒在天際散發耀眼光芒，微風如潮水般湧上，放眼望去的一切皆飄浮在星海間，希亞感到一陣生命力貫穿全身，心曠神怡，即使剩下的難關依然存在，但她卻不因此感到焦慮。

希亞沉浸在星空好一段時間，當她回神時，意識到一旁有道視線正盯著自己，她轉過頭去看向夏茲。

夏茲開了口。

「我原本以為妳這次一定會失敗。」

「什麼？」

希亞端詳他的表情，在晃動的星光間，夏茲的表情露出困惑。

「從餐廳的任務到偷走皇冠的事。」

「全是因為有人幫忙，我才能完成的。」

希亞轉回前方，坦承事實。享受微風吹拂髮絲的感覺，不自覺地笑了起來。

「我不是說過，只要有人願意幫忙，事情就能成功。」

雖然是以開朗的表情述說的話語，但兩人都知道其中帶有另一層意涵。這句話與夏茲初次見面時所說的如出一轍，當時希亞告訴他只要同心協力，一定能成功時，夏茲還恥笑希亞的天真。

兩人有好一陣都沒有對話，希亞靜靜看著夏茲深黑色的瞳孔，開口問了許久以前就好奇的問題。

「你當時砍去了傑克船長的雙手。」

希亞盡可能保持冷靜地接續問道：

「為什麼要這樣做？」

在吸血鬼的石塔裡瞥見的那雙血淋淋的鉗子與剪刀仍歷歷在目。

當時夏茲面無表情的模樣讓希亞渾身戰慄，沒想到他竟然是那首歌的作曲家！

她訝異起夏茲的另一面，同時也因夏茲的殘忍而感到恐懼，有誰還會記得那名願意奉獻自己的雙手，換來曲子的鋼琴家呢？希亞壓抑住喉間的激動，等待他的回答。

夏茲注視著前方開口回答。

「當他找上獨自住在冰山中的我時，看起來真的非常幸福。」

夏茲回憶起往事的聲音，宛如閱讀日記般平靜。

「所以我告訴那名鋼琴師，你必須經歷這樣的失去才能理解這首曲子。」

冷冽的風襲來，哀戚的力量將星兒捲去，似乎能聽見某處傳來悲傷的音樂聲。

「因為那首歌的寓意就是如此。」

夏茲低聲補充，然後轉頭望向希亞。

「不過我只是提議而已，是他自己決定砍斷雙手換取演奏曲子的。」

深黑的瞳孔淡然地望著希亞，希亞想起船長生前的模樣，他彷彿就在身邊的星海中領航前行，突然一陣刺骨的冷風吹過來。

希亞垂下頭，緩緩問道：

「僅因為一句話就願意砍去雙手？」

她並不是為了得到誰的回答才脫口說出，她只是單純地在向自己提問。她難以完全明白這樣付出的意義，不過她想起船長為了守護鋼琴願意主動剪去蜘蛛絲的表情，船長當時的眼神毫無後悔，一想到船長確認鋼琴狀態時的憐愛神情，希亞逐漸理解夏茲的話中之意。

希亞感到一陣放鬆，將身子依靠在西洛的身上並打了一個哈欠。她抬起頭，星辰滿布的天空像是宇宙，也像深海的一角，他們悠遊在神秘的世界裡，她感到有些睏，思索著這場夢的尾端將會是怎麼樣的結局，她難得地任由時間悠哉流逝。飛行一陣子後，天空開始逐漸轉白，西洛動作輕柔地往地面飛去，希亞閉上雙眼，緊緊抓住西洛的鬃毛，當一切恢復平靜時，她睜開雙眼，看見餐廳的庭園覆蓋著一層凌晨的湛藍天光，透露出神秘幽美的氛圍。

希亞小心地躍下西洛的身體，確認希亞和夏茲全都著地後，西洛也隨即變回嬌小的模樣。

此時，不遠處有幾名妖怪發現他們的身影追了過來，希亞望著那些妖怪，感到有些不安。

——他們要來抓誰？

「這是在做什麼？」

湊上前的妖怪逮捕了希亞，希亞慌張地來不及反抗。

兩名妖怪擋住了亢奮的西洛。希亞被怪力拖著身子走向階梯，妖怪們沒有給出任何的解釋。

「發生什麼事了？」

夏茲的聲音於背後傳來，這時緊抓希亞左手的一名妖怪這才出聲回答。

「我們事後在人類沖泡給客人喝的茶飲中發現鈉依萊，因此認定她沒有依規完成餐廳的工作，需要接受處罰。」

希亞頓時無法明白自己聽到了什麼，她努力回想著「鈉依萊」這個字眼，然後想起莉迪亞曾說過那是裘德被拷問時被迫服下的劇毒，但希亞根本不可能將這種毒物放進客人的茶內。

「怎麼可能！」

委屈的希亞高喊並且掙扎，夏茲冷靜地繼續向妖怪們問道：

「客人喝完茶後有出現異樣嗎？」

希亞趕緊望向妖怪們的反應，她記得那天喝完茶的湯姆明明非常正常，但妖怪似乎不願正面回答夏茲的問題，支支吾吾地回答道：

「客人是沒有不舒服……」

「那麼極有可能是某人在事後才在茶中投毒的。」

夏茲輕聲說道，然後笑著看向皺起五官的妖怪們說：

「這不是湯姆作為中間人簽訂的合約嗎？要是在沒有釐清事實之下就妄自定罪，最後受罰的可能是你們喔。」

妖怪們無法反駁，所有人的視線集中在夏茲身上。他瞄了一眼天空後說道：

「大快亮了，哈頓應該已經就寢了，等所有人都睡醒再來釐清狀況也不遲。」

頓時沒有人開口說話，抓著希亞右手的妖怪最後還是忍不住開口說道：

「那麼白天就將她關進監牢，因為她有可能逃出餐廳之外。」

「什麼？我為什麼要……」

聽到監牢兩字，希亞奮力抵抗，但妖怪們早已大力壓制住她，雖然她將最後的希望放在夏茲身上，求情似的望著他，但夏茲只是淡然地站在原地，不為所動。

即便希亞感到萬般委屈，但眼前毫無對策，她嘆了一大口氣，跟著妖怪們而去，身後傳來西洛朝向拉著他的怪物們大聲抗議的呼喊聲。

40

探頭的小丑

夏茲面無表情地看著西洛與希亞被帶走的模樣，然後轉頭望著通往房間的階梯，他因為翅膀受傷無法飛行，必須用走的回去，夏茲踏步邁向階梯，與公主們打鬥時受傷的翅膀和側邊肋骨隱隱作痛，像沒關緊的水龍頭般滲著血，傷勢嚴重得難以忽略，痛楚如蛇攀爬全身。

夏茲抬頭看向天空，眼前一片曦白，黎明即將到來。他停下想要往上的步伐，將視線轉往下方的階梯，雖然不甚情願，卻無法輕易任由身上的疼痛肆虐，還沒等大腦繼續猶豫，他就闊步走向地下室，夏茲已經知道傷口該塗什麼藥進行治療，他打算趁老女巫熟睡時，自個兒擦藥就好，夏茲小心翼翼地打開門，不過開門後聽到的笑聲卻讓夏茲感到失望，雅歌咯咯笑著迎接他。

「我真搞不懂大家為什麼都不睡覺。」

夏茲嘟噥了幾聲，一臉厭煩地走向雅歌，女巫的面前擺放著一顆水晶球。

「看來不用多問，我也知道妳都在做什麼了。」

雅歌逕自笑得很開心。

「我要看看那孩子有沒有安全逃出女王的城堡。」

「她被抓走了。」

夏茲坐在雅歌身旁，背對她脫下上衣。從翅膀開始滿是傷痕，雅歌像是沒聽見夏茲的話，一邊竊笑一邊翻找藥品，用鑷子夾出一片葉子後放進滾燙的熱水中，隨後將其敷在夏茲的傷口上，即使葉子未經冷卻就觸碰皮膚，但夏茲連眼睛都沒有眨一下，雅歌拿出藍色的藥水說道：

「再這樣下去，她的心臟被哈頓奪去也只是時間問題而已，現在就取決於你要怎麼做了。」

「妳在說什麼？知道解藥的人不就只有老太婆妳嗎？」

夏茲隱忍傷口的刺痛，低聲抱怨，但是雅歌卻突然用高亢響亮的聲音大吼。

「哈！真是愚笨。」

雅歌塗完藥、來回縫線的手變得極度粗魯，她像倒酒般將藥水一股腦地潑在傷口上，然後用嘶啞的聲音大聲說道：

「如果我能用水晶球看到解藥在哪，當初就不會叫人類來這裡了，那是連水晶球也看不到的地方。」

如在鐵塊上刨除而成的粗糙嗓音包圍整座地下室，雅歌的話語鑽進夏茲的神經深處。

——連水晶球也看不到？

腦中突然冒出的疑問讓夏茲覺得哪裡不對勁，全身神經緊繃。

——有那種東西嗎？

察覺到夏茲想法的女巫，從暗自發笑轉為猖狂大笑，嘈雜地奔進夏茲的耳朵，每一節尖銳的笑聲猶如拿刀在胸口上割劃般刺耳，夏茲的心跳逐漸加快。

他轉頭望著雅歌，那張龐大的臉龐露出駭人的笑容，雙眼直瞪夏茲。

女巫低聲說道：

「你不是知道嗎？你明明知道一切。」

夏茲不發一語，他的確知道，他頓時明白自己的確知道答案是什麼。

他用僵硬的表情望著雅歌，女巫露出碩大的牙齒，洋洋得意地看著他。傷口處理完已經好一段時間了，夏茲起身套好上衣，立即走出地下室。為什麼之前沒有想到呢，他感到訝異的同時也覺得一陣虛無，他耗盡全力想掙脫枷鎖，卻沒想到苦苦尋覓的解答就在自己的身邊。

——現在該怎麼做才好。

原先纏繞在大腦裡的線索，卻在一瞬間鬆開了一般。夏茲陷入茫然，每踏上一層階梯，就像踩入混亂的腦海中，抓不著邊際。

當他來到地面時，一隻黑色的貓正等著他，夏茲望著黑貓的雙眼，啞然失笑。

「看來現在流行不睡覺等人？」

路易似乎看來要傳達急事，很快地就變身為俐落的紳士外貌。

「你說要待晚上釐清狀況。」

夏茲沒有回話，只是望向路易，他知道路易無論在何種情況下皆如同機器般理性又冷靜，因此夏茲難以判定路易對他提出的質疑究竟是怎麼想的。

「我希望盡早得到回答，傍晚還有表演。」

路易輕微地出聲催促，夏茲最後還是開了口。

「路易，你覺得那孩子會在茶裡投毒嗎？」

路易沒有任何回應。

路易當時看到了希亞和客人面對面用茶的畫面，喝過茶的維茲沃斯並沒有任何異常，還能進行一般的正常對話，鈉依萊是一種即使攝取少量也會立即出現症狀的劇毒。

讀出路易心思的夏茲接著說道：

「如果以事後發現劇毒殘留當作藉口，奪取她的心臟，這將有反契約，你也清楚如果違反湯姆所仲介的契約會有什麼後果。」

夏茲看著路易冷漠的神情，他猶如一台冰冷機器，根本無法從表情看穿他的想法，夏茲試圖以邏輯的方式說服他。

「別被那些低俗的員工們耍了，你聽我的話，我有一個更妥當的想法。」

夏茲知道現在的路易已經不在乎傍晚的演出，全心全意集中精神在他所講的話語裡，因此他朝這名以質疑眼神盯著自己的紳士露出微笑。

「我知道治療哈頓的解藥在哪裡。」

路易那雙原本冰冷銳利的眼神出現晃動。

不久前還在蜘蛛網上睡得很香甜的蜘蛛女人，因為被妖怪們突如其來的驚擾導致心情相當不悅。女人蓬鬆的黑色髮絲垂盪在希亞的膝蓋邊，她以擁抱的姿勢朝希亞展開雙手，慵懶地用蜘蛛絲綑綁希亞。

「真受不了，怎麼可以在睡覺時吵醒我。」

女人語氣聽來神經質又瘋狂，不停發牢騷。

然後她感受到希亞的視線，女人也回望希亞。那雙昏昏欲睡的眼神閃過一道陰森的冷光，希亞全身麻痺地呆望著女人的臉龐，女人的嘴角如新月般彎起，當她露出和藹的微笑並且低下頭時，希亞以為自己即將要被吃掉，趕緊閉上雙眼，此時耳邊傳來緩慢的嗓音。

「隨著蜘蛛絲纏繞的方式不同，可以讓人一天就死亡，也可以讓人超過一個月還能呼吸。」

希亞整個人呈現麻痺的狀態，毫無餘力反抗，只能全盤接受蜘蛛女人的所有言行舉止。在那如蜘蛛絲細緻且績密的聲線下，希亞的身軀沒有任何的喘息空間，女人轉過頭，用手指比向某處。

「貝拉在那裡還活得好好的。」

女人發出溫柔的笑聲。

「日以繼夜，欣賞著我的舞蹈，慢慢地、一點一滴地……」

女人的每句話如電擊般刺痛身體，心臟宛如就要爆炸般難受。

蜘蛛女人沒有將話說完，她再次回到希亞面前展開雙手，希亞雖想後退但動彈不得。

女人以沉穩的聲音泰然自若地開口說道：

「傑克一天就死了，他可是我挺中意的朋友，所以替他減少一點痛苦。」

女人再度直視希亞，語帶親切地說：

「妳告訴我，希望我把妳纏得多緊才好？」

傑克船長在衣櫃裡支離破碎的模樣，以及當初蜘蛛女人捕捉他的情景在腦中交錯穿插，希亞感覺整顆頭就要爆裂，全身不停發顫。

感覺到蜘蛛網也在顫動的女人無聲作笑，隨後說道：

「噓，放輕鬆。」

女人用細長的手指撫過希亞的雙頰。

「我只是開玩笑的，一到晚上他們就會來帶走妳了。」

女人的低沉笑聲迴盪在空氣中。

她不再說話，專心打造希亞的牢籠，一絲絲層層堆疊的蜘蛛網包裹著希亞，緊密扎實的蜘蛛網，使她就連呼吸也感到困難。希亞困在蜘蛛網的深處，她艱難地抬頭望向蜘蛛女人，厚重的蜘蛛網讓她深陷恐懼之中。

她的視線像是被濃霧籠罩，蜘蛛女人的臉隱隱約約晃動，女人邊結網邊打哈欠，聲音似乎相當遙遠，聽不清楚。

用蜘蛛網綑綁完希亞後，女人移動至西洛附近。

「我只是短暫離開崗位而已，應該不至於被判死罪吧？對吧？等到晚上我也可以被釋放吧？」

「吵死人了……」

女人朝著嘴上不斷嘟噥的西洛說道：

「若是把你送去火爐之房，應該能烤出不錯的龍排。」

希亞聽著西洛的尖叫聲，努力想要呼吸新鮮的空氣，她的全身猶如被繃帶緊緊纏繞，連呼吸的縫隙也沒有，當她愈是想掙扎，蜘蛛網則會纏得愈緊，希亞只能像顆石頭般僵硬，她覺得心跳快得像是要躍出胸膛，傑克船長跟紅鶴女人也經歷過這種心情嗎，希亞覺得自己像是站上絞刑台前的死囚，行刑的裝備早已套在身上，離死亡只差一步之距。

希亞盡可能地安撫自己，只要到了晚上，就能像夏茲所說的，他們釐清事情真相後就會釋放自己。

——我不能死在這裡。

希亞用這句話不停反覆洗腦，但蔓延全身的恐懼感不見消失，她透過眼前白色的蜘蛛網縫看見女人在綑綁完西洛後繼續入睡，她希望時間可以走快一點，但是怎知分分秒秒如死水般緩慢，她在蜘蛛網內根本無法入眠。

她閉上雙眼，一動也不動，等待夜晚的降臨，她能透過包圍自己的蜘蛛網感受到周遭被抓來的獵物的一舉一動，無聲的尖叫與掙扎沿著蜘蛛絲傳來起伏與震動。

——西洛不知道還撐得下去嗎？

雖然知道西洛就在她的身邊，但卻好似孤獨一人，蜘蛛網遮蓋了視線，讓希亞感到無止盡的孤立，她只能透過蜘蛛絲的輕微震動感受其他生物的存在，希亞靜靜等候前來釋放自己的人所傳來的震動，這個空間依然是那樣黑暗陰森，無從得知時間的流逝。

不知道過了多久，蜘蛛網傳來震盪，希亞覺得頭暈目眩、噁心想吐，她的整個世界都在上下晃動，她最後失去全身力氣，攤著身體，有人正在從外面撕開蜘蛛網。

——終於……

希亞滿心盼望自由的到來，無力地抬起頭，花白視線的一角出現縫隙，外頭的世界逐漸映入眼簾，當掙脫這座蜘蛛網牢籠時，希亞癱軟在地大口喘氣，下意識地將空氣急忙推進肺葉，全身毫無力氣，動彈不得。

「希亞小姐！」

她聽見西洛的聲音，抬頭一望，只見西洛哭哭啼啼地看著自己。

「妳還好嗎？」

希亞雖然想要回答，卻發不出聲音。

「她的身體原本就很虛弱，需要一點時間恢復。」

蜘蛛女人的聲音傳來，她站在希亞的頭邊，她俯視著希亞說道。

「妳得跟我去一個地方。」

「你們要去哪裡？」

希亞聽著蜘蛛女人與西洛的對話，低頭望向下方，在朦朧的視野間，只見燈火通明、毫無一人的餐廳，而路易站在正中央台抬頭望著她。

與希亞四目交接的路易舉起手瞄了一眼手錶。他像是代替蜘蛛女人回答般開口說道：

「請加快行動，必須要準備表演了。」

聽見意外的話語，希亞與西洛對望一眼。

「表演？」

西洛雖然馬上接續問道，但路易卻沒有想補充說明的意思，蜘蛛女人將希亞與西洛送至一樓。

希亞一踩到地板就雙腿發軟，她在西洛的攙扶下與路易一同急忙地走出餐廳。

夕陽未沉的紫紅色晚霞下，翡翠色階梯與五顏六色的料理室在餘暉中閃閃發光。蜿蜒崎嶇的窄小階梯間，有幾名準備開始工作的妖怪來來回回，路易和往常一樣頭也不回地走在最前方，沒多久他們就抵達了表演會場前。路易沒有經由正門而入，而是走向了側門，他在開門前轉過頭，望向希亞與西洛。

「進去待機室後……」

希亞意識到路易是對著西洛說話。

「不能干擾團員，禁止與他們交談，也不要大聲喧嘩，請安靜地跟我走。」

紫色與金色的瞳孔以銳利的眼神警告著西洛，說完話的路易轉過身將門打開，一打開門，響亮的爵士樂音隨即包圍他們，鋼琴與薩克斯風合奏的樂音，高雅迷人又歡樂輕快，引領希亞進入待機室。

待機室是一整片黑色的牆面與黑色天花板，如同隧道般漆黑，閃爍翠綠色光彩的磁磚上頭，打扮得花枝招展的妖怪們匆忙地來回穿梭。

「這件衣服根本做不了空中旋轉啊！去拿一件長度比較短的來。」

「我的呼拉圈跑去哪了？」

「再彩排一次，麗姿！趕快回到位置上。」

「天啊！花粉太糟糕了，要撒點顏色粉末才行。」

爵士樂不絕於耳的漆黑待機室裡，隨處能見色彩奪目的色粉和煙霧，舞台道具們更是四處散落一地，披著粉紅色與紫色絲綢的孔雀妖怪與身穿綠色外衣、揮舞扇子的鬼怪們，還有以影子的形式移動的幽靈……希亞穿越在各具特色、讓人難以不注意的妖怪間，她努力不跟丟路易，並用餘光確認西洛是否也在身邊，然後不斷追逐路易快步而去的身影。

同時也在一路上遇見眼熟的妖怪們。例如身穿一襲由絲綢縫製的華麗長洋裝的吵夫人，正敲擊著管子練習聲樂的她，一發現希亞的蹤影馬上訝異地大呼小叫。

「哎呦、哎呦，孩子！妳怎麼在這裡？」

「哈哈哈，吵夫人您好。」

希亞回以略顯尷尬的笑容，隨即離開，路易仍頭也不回地在前方走著，不過吵夫人卻緊緊跟上她，逕自說起話來。

「大啊，我的歌是不是差強人意？開場曲我本來提議用歌劇的曲子，結果後來選了爵士樂。」

吵夫人似乎還有話想對希亞說，因此沒有給她時間回答，隨即接續說：

「我做了一些妳會喜歡的特別菜色喔，我們新學了人類可以食用的食譜，妳都不知道，鬧夫人差點把廚房都燒了！晚點過來茶之房吃吧。」

吵夫人用高亢猶如歌唱般的聲音，獨自講得相當興奮。

每當希亞為了填飽肚子來到茶之房時，吵夫人、鬧夫人皆會嘗試烹煮不一樣的人類料理，讓希亞每次都能大開眼界。希亞一邊向吵夫人道謝，一邊用眼睛追逐著路易，在混雜來往的妖怪間，希亞找到了路易的身影，她趕緊向滔滔不絕描述料理過程的吵夫人道別，快速跟上路易。

往前走幾步後，她遇見靠在牆上抽著菸斗的吸血鬼——愛德華伯爵，發現希亞的伯爵挺起身，朝希亞露出微笑。

「是希亞小姐呢。」

高雅的語調與中低音吸引了希亞的目光，菸斗內的霧氣瀰漫了灰暗的待機室。

「我正等待著何時能再見上妳一面。」

「伯爵在等我嗎？」

希亞不自覺停下腳步問向他。

猶如戴上一層耳罩般，原本響亮的音樂變得模糊不清，伯爵低沉的聲音包圍住耳膜，麻痺了外在的聲音和一切想法，希亞著迷般地只聽得見伯爵的聲音，伯爵蒼白的臉龐些許皺起。

「妳該不會忘記了吧？上次在石塔內，妳不是說若是我祖護你們，妳願意完成我的願望嗎？」

希亞想起當初曾要求伯爵催眠夏茲的回憶，她嘆了口氣，接著放慢腳步，配合伯爵的步伐，嘆氣般地向伯爵說道：

「原來伯爵記得我說過的話。」

「不然我怎麼會選擇幫助妳呢？」

「伯爵想要什麼？」

希亞不安地問道。

隨著希亞一開口，伯爵的瞳孔放大，吞噬了整顆眼球，又黑又小的眼球看來格外驚悚，吸血鬼揚起那張細長又鮮紅的嘴唇，他為了回答希亞而張開口，嘴唇間露出尖銳的犬齒。

「人類的血。」

希亞停下腳步，僵直地愣在原地，自菸斗呼出的嗆鼻氣體鑽進喉嚨，滲透身體的各處，她繃緊神經，那是意識到掠食者就在身邊的自然反應。

耳邊的中低音笑聲如雨滴般傳來。

「妳幹嘛這麼訝異？我只要妳滴幾滴血在新釀造的酒裡……」

形似新月般勾人又陰森的眼神橫掃過希亞的全身，在裂開的唇齒間，那尖銳的犬齒比起剛才又靠得更近了。

「希亞小姐！妳在那裡幹嘛？」

西洛明亮的聲音將希亞自催眠中喚醒，吵雜的聲音和爵士樂音如同被黑洞吐出般再次鮮明清晰，希亞似乎從繩索內被釋放，緩慢地調整呼吸，她望著奔向自己的西洛。

「我們快點過去！路易在等我們。」

西洛跑來希亞和愛德華伯爵之間催促著她，然後當他一看到愛德華伯爵時，陷入了短暫的沉默，伯爵回望著龍族那雙著火的雙眼，再次啜了口菸。嘖，一聲咂嘴傳來。

「看來沒辦法了，雖然可惜，但獎勵就下次再拿吧，我先告辭。」

語畢的伯爵如滑冰般悄悄離去，希亞望著伯爵爽快離開的背影，安撫著受驚嚇的心。

「狡猾的吸血鬼！無時無刻都想討血，希亞小姐，妳沒怎樣吧？」

面對西洛激動的詢問，希亞點點頭，西洛看見路易以兇狠的目光瞥向手錶，趕緊慌張地將希亞帶上前。

希亞在西洛的催促下急忙走著，他們在混亂又漆黑的待機室裡快速穿梭，很快來到一處熟悉的地方，一臉不悅的路易坐在細長窄小的古銅色桌前，勾起雙腿。這是之前希亞曾與路易來過的地方。希亞猶豫片刻後坐在他的對面，一坐下隨即感受到路易投來的冰冷視線。

「剛才說過請務必安靜地跟在我的身後。」

「我知道，只是他們不斷向我搭話……」

希亞語帶為難，但卻有道尖銳的聲音自另一端傳來，打斷希亞。

「無謂的閒聊可以等表演結束後再聊。」

希亞轉頭望向聲音的來處，蜘蛛女人坐在裝滿燈泡的鏡子前，擦拭著鮮紅色的唇膏，尖銳的目光透過鏡面怒瞪著希亞。

希亞訝異地望向蜘蛛女人說道：

「妳剛才不是留在餐廳嗎？怎麼會出現在這裡……」

「妳以為這裡的路只有一條嗎？只要有蜘蛛絲的地方，我都能暢行無阻。」

女人靜靜回答希亞。

抹過唇膏的嘴角，宛如激情過後的印痕在雙唇暈染綻放，蜘蛛女人將抹完的唇膏隨意亂放，任其滾動。她緩緩站起身，蓬鬆的白色舞裙自她瘦弱的身子向外散開，流瀉而出。女人雙腳赤裸，希亞盯著女人纖細的腳掌輕盈地在磁磚上移動的模樣。

「別浪費時間，專心準備演出，如果妳讓我的表演出現一點差錯，我馬上就會用蜘蛛網把妳五花大綁。」

蜘蛛女人安靜地走過希亞，但她的威脅卻大力搔過希亞的內心。

希亞望著蜘蛛女人離去的身影，向路易問道：

「這次的工作和舞台演出有關嗎？」

希亞認為路易會帶她來這裡，必定是哈頓指派了新的工作給她，只見路易似乎無法信任希亞，神情僵硬，不發一語。

「那麼是不是代表希亞小姐，擺脫了在客人的茶杯裡放置劇毒的罪名？」

原本安靜的西洛突然如此問道。

希亞聞言也萌生希望地回望路易，路易緊閉雙眼，隱忍頭痛似的蹙眉，在他似乎整理完思緒後，睜開那雙異色瞳望著希亞，那道眼神相當銳利，即便不明白原因，但看得出來現在的他比任何時候都還要討厭眼前的情況。

「妳還帶著上次演出時，放在口袋裡的那張鬼牌嗎？」

路易低聲問道。

希亞躊躇片刻後回答。

「我好像弄丟了。」

這似乎在路易的料想之中，因此並沒有太大的反應，他推了推單片鏡，再次開口問道：

「妳記得當初的遊戲內容嗎？那個運用真實與虛幻的戲法。人們以為自己找到了鬼牌，但其實不然，鬼牌裡的小丑躲藏在他處。」

希亞不明白為什麼路易持續將話題圍繞著撲克牌魔術，路易朝希亞伸出手，希亞低頭看見他的手中握有一張鬼牌，當他將鬼牌放在桌上時，牌樣又變成了紅心的圖案，希亞沉默地盯著熟悉的戲法，想起上次表演時連自己也被戲弄的魔術表演。

「虛幻戲法，即是讓人看見不存在於現實的虛假事物。」

「真實戲法，則是將原本存在的事物變不見。」

希亞清楚記得鬼牌裡的小丑活用的把戲。

「小丑會使用這兩種技法，將自己藏於無形，眼見無憑。」

路易望著回想鬼牌戲碼的希亞，開口說道：

「這次表演裡的鬼牌，就是妳。」

希亞看著桌上的紅心牌，頓時明白接下來的事情並非哈頓指派的工作，也與洗清罪名毫無關聯。

她繃緊神經，將僵硬的身子緩緩靠向路易，專心傾聽路易所說的每一個字。開演的時間將近，路易瞥了一眼手錶後繼續說明。

「那妳還記得我曾說過，打從一開始就沒有真實戲法，唯有虛幻戲法存在嗎？」

善於欺騙的魔術師，向錯認紅心牌為鬼牌的希亞如此說明，路易雙眼盯著希亞，低聲說道：

「今晚，我們將用虛幻戲法讓其他妖怪認為妳還留在這裡，但其實妳早已在觀眾們沉浸於舞台表演時離開餐廳了，記得絕對不能讓人任何人起疑心。」

路易停頓下來，環顧四周，不遠處有一群妖怪正好經過，路易側身靠近希亞壓低嗓音輕聲說道：

「自妳離開餐廳到進入會場的這段期間，已有許多妖怪在監視著妳。相信那些監視妳的妖怪也進入會場了，既然已經被他們知道了，妳必須不讓他們起疑，盡可能以最自然的姿態完成表演。」

但是路易的說明對希亞來說太過突然又缺乏來龍去脈，她困惑地搖頭。

「我不太明白你的意思，我離開餐廳要去哪裡？」

正當路易要回答她時，一名妖怪靠近他們，那頭妖怪低聲說道：

「時間到了，請準備上台。」

突如其來的上台指令讓希亞手足無措，心臟也緊張得不規則跳動，即便她尚未明白路易的意思，但必須是起身行動的時刻了。

「哎呦，看看這是誰啊？好久不見！」

當希亞感到憂心忡忡時，一道熟悉的聲音傳來，她轉頭看到濃湯之房的大叔朝她露出開朗的笑容，如李子般矮小又圓滾滾的大叔抬頭看著希亞，希亞這才意識到要登上舞台的人並非路易，而是自己。

「我要上台嗎？」

「我不是說過了，妳是今天的小丑。」

路易起身回答希亞。

「那我呢？我也會上台嗎？我也要上台表演嗎？」

一直保持沉默聆聽兩人對話的西洛，用些微期待的聲音開口發問，整理衣袖準備離去的路易，瞥了一眼西洛後，冷淡地說道：

「只要一名就足夠了。」

任務完成的路易，與濃湯之房的料理師交換眼神後走向他處。希亞無奈地與滿臉失望的西洛道別後，跟在濃湯之房的大叔身後，移動至待機室。

「路易說過今天會由新的開場嘉賓擔任開場表演，要我過來帶人，天啊，沒想到竟然是妳！真是太巧了，哈哈哈。」

料理師因為再度巧遇熟人，在走向舞台的一路上興奮地打開話匣子，但當他發現希亞緊繃的神情時，隨之收起笑容。

「哎喲，不需要那麼緊張，我會幫妳的，只要跟著指示就能順利完成演出。」

雖然大叔好心地安慰自己，但眼前的狀況讓希亞絲毫無法鬆懈，她僵硬地走在如洞窟般的待機室，四周一片漆黑，通道的前方透出光亮，那是舞台明亮的燈光。

「上台之後我要做些什麼？」

希亞望著遠方隱隱約約的黃光，小聲問道。

「哈哈，一點都不難，妳只要模仿我上次的表演就行了。」

希亞回想起之前大叔在繩索上驚險地表演雜技的畫面，心中突然更加惴惴不安，他們離燈火之處愈來愈近。

「難道我也要攀高耍雜技嗎？」

「嗯？不是、不是，妳不用盪繩子，不是有個消失在地板裡的橋段嗎？」

被希亞的話嚇了一跳的料理師趕緊揮揮手。

希亞這才想起料理師那時候假裝在線繩上打瞌睡，下一秒跌落至地板後隨即消失的場景，當時由於是懷著忐忑不安的心觀看的演出，讓她印象深刻。

他們不知不覺已來到舞台後側，在占滿視線的白光後方，能感受觀眾的騷動，嘈雜的聲音如巨浪襲來，希亞僵直在原地，她害怕著上台後要面對的無數道視線。

料理師踮起腳跟急忙在希亞耳邊說道：

「舞台的地板有一扇門，打開門後能通往存放舞台道具的倉庫。」

「那我到倉庫之後要……」

完全搞不清楚狀況的希亞雖然想問個仔細，但演出的時間不等人，舞台上的燈光已經全部打亮。

「噓！表演開始了！」

待機室裡有人粗魯喊道，打斷希亞的話。

希亞轉頭望向舞台，鋼琴與薩克斯風所合奏的爵士樂音宣告表演正式開始。

「那名取代傑克船長的新任鋼琴師彈得挺不錯呢。」

料理師隨著鋼琴聲自在地點頭晃腦，希亞伸長了脖子想探頭一看鋼琴師是誰，但刺眼的舞台燈光使她看不清任何東西。

此時，一道熟悉的腳步聲傳來，光聽這道聲音，希亞就知道腳步聲的主人是誰。當舞台前方的燈光如窗簾般散去，如群山般包圍舞台的觀眾席自眼前展開。身穿長大衣，一手提著菸斗的愛德華伯爵出現在舞台的正中央，輕快的爵士樂與吵夫人獨特的歌聲如電視節目開場曲般雀躍響起。

「各位貴賓好，謝謝各位前來觀賞今晚的演出，在下是愛德華伯爵。」

在振奮人心的爵士樂下，沉穩、優雅的中低嗓音溫柔地貼覆在耳邊，熟悉的開場白如同上次的演出，攪散了腦中錯綜複雜的不安與擔憂，希亞站在原地聽著伯爵的開場台詞，心裡想著他是否會像上次般催眠觀眾。

語畢的伯爵迎刃有餘地望向觀眾，隨後接續說道：

「各位貴賓皆是在忙碌之中騰出時間前來觀賞表演，因此今天在下準備了一個珍貴的消息，要來告訴各位觀眾。」

希亞好奇伯爵要說些什麼，全神專注地仔細聆聽。原本雀躍的音符也如同準備訴說秘密般轉為低語細絮，悄悄遊走於空氣中的樂音調皮地來回穿梭於會場角落。

伯爵用更加低沉的聲音繼續說道：

「我相信在座的各位，皆聽過食用後能帶來驚人效果的布禮草吧。」

聽見熟悉的事物後，希亞突然豎起神經，演奏就像試圖激起希亞的注意般，斷斷續續地緊湊響起，伯爵語調緩慢，一舉勾起所有觀眾的胃口，接續說明。

「不過沒有人確切知道這項寶物的下落，不過請大家仔細觀賞今天的演出。」

伯爵點燃手上的菸斗，將其咬在嘴邊。

「今天我會一五一十地告訴大家，布禮草的藏匿地點。」

伯爵話音剛落，原本安靜如死水的觀眾席瞬間一片熱議，一想到能知道神秘藥草的下落，妖怪們個個興奮不已、議論紛紛，音樂聲逐漸弱小，伯爵吐出一口煙霧，白煙隨即包圍舞台，希亞呆望著舞台煙霧迷濛的模樣。

伯爵的聲音在煙霧間緩緩流瀉。

「布禮草就如傳說中的那樣，隱密地種植在妖怪島最冷冽刺骨的高山上，但現在讓我告訴各位，這項神秘的寶物為什麼會埋藏在深山之中……」

煙霧逐漸散去，舞台的樣貌逐步展現於觀眾面前，另一首樂音響起，鋼琴的獨奏是那般溫柔似水，伯爵低沉的聲音迴盪於耳。

「首先，要從兩位女人的故事開始說起。」

41

布禮草與兩個女人的秘密（1）

霧氣散去的舞台顯得格外華麗，上頭有著五顏六色的花朵與樹木，妝點得美麗動人，披掛著粉紅色與紫色綢緞的孔雀妖怪恣意起舞，柔和的鋼琴獨奏裡參雜烏鴉的啼叫聲。

原先站在中央的伯爵早已移動至舞台側邊，靜心觀賞舞台的變化。

伯爵繼續開口說道：

「兩位女人之中，有一位是熟知醫術與魔法的女巫，另一位是平凡無奇的柔弱女子。這兩人有著一項共通點，就是她們兩人皆懷有遠大的夢想與蓬勃野心。」

一名女子登上舞台，伯爵的話語繼續繚繞於空氣中。

「那名才華洋溢的女巫，為了實踐夢想，運用自身的能力在她的庭園內製作那項珍貴之物。」

希亞失神地望著蜘蛛女人在空中一邊編織蜘蛛網，一邊跳舞的美麗姿態，身穿一襲潔白蓬裙的女人於漆黑中，用手腳優雅地劃開空氣，吸引眾人的目光。細長的手腳自由自在地於蜘蛛網上舞動，流連忘返於花草樹木間，半空中散落著一團又一團，由蜘蛛網結成的白雲。

「女巫為了完成她珍貴的寶物，將她的美貌揉入其中……」

移動至蜘蛛網雲朵前的女人，突然垂下頭。

「更將她的青春一併放入寶物裡。」

蜘蛛女人隨即如木製玩偶般生硬地往前一摔，那曼妙柔軟的舞姿消失得無影無蹤，她的四肢與關節彎曲變形，折成弔詭的形狀，身穿白色衣物的女人在漆黑的空中，晃動著宛如分離四散的軀體，留下殘影。

「最後她完成了那項寶物，女巫細心地將它種植在庭園的最深處。」

女人伸長四肢，在空中踉踉蹌蹌，雖然看似下一秒就會墜落在地，卻還是徘徊於蜘蛛網雲朵的附近。

「聽聞寶物擁有驚人神秘力量的妖怪們，紛紛試圖從庭園裡偷走寶物。」

身穿青綠色衣物的鬼怪揮舞扇子登上舞台，希亞望著鬼怪們緩緩跳舞靠近蜘蛛網雲朵。

「但是沒有一頭妖怪成功，因為魔女飼養了一群鳥類守護庭園，若有妖怪想要接近庭園時，鳥兒們會蜂擁而上，搖晃頭部用堅硬的鳥喙戳瞎妖怪的雙眼。」

孔雀妖怪們奮力開展尾屏，五彩繽紛的尾屏隨著他們的舞姿於空中搖曳生姿。鬼怪們雖也不停揮舞扇葉，但絲毫無法比擬孔雀們華麗碩大的尾屏。孔雀們的尾屏，一下弄破鬼怪們手中的扇子，一下搧出風颳飛鬼怪們，觀眾們看著滑稽的表演笑得合不攏嘴。

「但是有一天。」

就在希亞專注於舞台上有趣的演出時，伯爵的聲音銳利地鑽進耳朵，觀眾的歡笑聲也戛然而止，一陣緊張的沉默填滿空氣，希亞也縮起身子朝伯爵的方向看去，果不其然伯爵正望著自己。

「另一名女子。」

伯爵雙眼直視希亞，一字一字地緩慢說著，希亞因那道注視僵直了身體。

伯爵再次反覆說道：

「那名平凡無奇、無能軟弱，因自身的野心，覬覦女巫寶物的那名女子……」

在伯爵的話說完之前，一旁濃湯之房的料理師推了推希亞的後背。

「輪到妳了，趕快上台！」

料理師心急地督促她。

伯爵似乎正等待希亞的出現，拉長了口白間的停頓。

希亞渾身僵硬，一步一步走進舞台，眼前的強力照明燈使她看不清楚前方。當希亞一站上舞台，觀眾席的視線全聚焦於她一個人，她如同迷路般四處張望、不知所措，包圍著希亞的觀眾們個個交頭接耳，會場內一陣吵雜紛亂，在她身後等待上場的演出者也竊竊私語，討論著關於希亞的事。希亞感覺心跳加速，時間彷彿就此暫停，只剩鋼琴樂音持續悠揚。

希亞無意間轉向鋼琴聲的來向，結果更讓她瞪大雙眼，在鋼琴前彈奏的鋼琴師竟然是夏茲。

此時，伯爵平靜的聲音如救贖般緩緩響起，若無其事地推動演出繼續進行。

「那名平凡無奇、無能軟弱的女子，不同於其他空手而回的妖怪，她成功偷走了寶物。」

待伯爵一講完話，結團的蜘蛛網雲朵垂下一條蜘蛛絲，希亞不自覺地伸出手，蜘蛛絲的尾端綁著一張熟悉的牌卡，希亞拿起那張牌，再望向自己手上的鬼牌。

伯爵的聲音持續響起。

「各位知道那名女人是怎麼辦到的嗎？」

伯爵向觀眾拋出問題，吸了口菸。煙霧籠罩舞台，宣告表演的第一部正式結束，準備進入第二部的表演，白煙使人伸手不見五指，甚至聽不見鋼琴的樂音，希亞思索自己在這裡玩起舞台劇遊戲的意義，她忽然想到路易剛才告訴她的事情，心想至此，希亞將視線落在手中的牌。

「小丑會使用這兩種技法，將自己藏於無形，眼見無憑。」

——我得躲起來才行，但該怎麼做呢？

希亞環顧曦白的四方，在霧氣繚繞的舞台上，隱約能見妖怪們忙碌地來回準備的模樣，希亞也左顧右盼地找尋濃湯之房料理師的身影。

——大叔明明說照他的話做就沒問題了。

但在一片白茫茫的霧氣之中找人可不是件容易的事，希亞別無他法，仔細思索大叔曾說過的話。

「消失在地板裡，消失在地板裡。」

希亞想起當時料理師自線繩上跌落後就消失在地板裡的場景，同時閃過在上台前料理師曾提醒她的那番話。

「舞台的地板有一扇門，打開門後能通往存放舞台道具的倉庫。」

希亞的目光搜索著地面，但在濃煙密布又一片漆黑的環境下，很難一眼看出地板的不同之處。這時煙霧漸漸消散，代表希亞能順利脫逃的時間已經不多，她的手開始發抖，害怕會失敗的焦慮感使她的腦筋一片空白。

「在這裡。」

一道有力的低語於煙霧的不遠處傳來，沉著的聲音如鬧鈴般喚醒差點迷失在煙霧中的希亞，她趕緊轉身朝向聲音的來源。

「夏茲！」

一隻手自煙霧中握住希亞的手，她順應夏茲的動作移動身軀，夏茲將她的手拉往地面。隨著哐啷聲響，希亞的手碰到手把，她摸索著凹凸不平的觸感，緊緊握住手把。

夏茲說道：

「往下走就是通往餐廳外部的門，妳從那裡出去的話，就不會有人發現妳離開這裡了。」

在分秒必爭的緊急情況下，夏茲的聲音是那般沉著冷靜，希亞感覺他講完這句話後就會隨即消失，她著急地伸出手向夏茲追問道：

「但是我到底要去哪裡？」

希亞緊握著夏茲的手，他再次回到希亞的正前方。

「妳有看剛才的演出吧？」

希亞無法理解這突如其來的問句。看著毫無反應的她，夏茲再度開口說道：

「剛才的表演內容啊，布禮草。妳要去找布禮草才行。」

「為什麼？」

那道聲音小聲得僅有希亞一人能聽見，她感到混亂無比，她以為逃出女王的宮殿後不會再與布禮草有所牽連，但從演出開始直到現在，布禮草卻不斷出現，希亞不知道自己與布禮草的關聯為何。

夏茲加快速度向希亞解釋。

「布禮草可以治療哈頓的病，妳得去山上拿回來。」

希亞的腦袋像是被鈍器重擊般一片空白，全身的神經彷彿失去連結無法動彈，這段期間以來費盡萬苦尋找的解答竟然就在眼前，為什麼她從未想過這個可能性？

園藝師說過自己的庭園種滿了所有品種的花草樹木，但沒想到卻有一項例外。

她曾聽雅歌與女王說過布禮草的故事，甚至幾分鐘前才剛看完表演。希亞失神地嘆了一口氣，她的心跳漸漸加快。煙霧愈來愈稀薄，她必須加緊腳步。

她低聲向夏茲問道：

「但不是沒有人知道布禮草種在高山的何處嗎……」

希亞說到一半，兩眼望著夏茲。夏茲正是曾在山裡找到布禮草的人，希亞覺得自己的心臟要爆炸了。

——夏茲知道在哪裡！

心臟不停跳動，指尖漸漸酥麻，逐漸明朗的視野裡夏茲的雙眼也漸漸清晰。

「妳不是說過只要有人幫忙就能成功，下面已經備好妳需要的東西，別浪費時間了。」

夏茲一邊說著一邊放開了希亞的手。

再也無須猶豫，希亞隨即握住地板上的手把，她將門往旁邊推去，眼前是另一座空間，一間堆滿道具的倉庫。

夏茲再次回到鋼琴邊，煙霧幾乎已經散去，希亞將感謝之意放在心中，悄悄關上門。

門關起後，希亞直直墜落在地，由於有段不小的高度，當希亞著地時與雜物們碰撞出巨響，隨著她向下俯衝的力道，頓時揚起許多色粉和羽毛，讓周遭一片眼花撩亂，希亞拿起掉在頭上的鐵桶，眼前還有許多呼拉圈到處滾動。

「希亞小姐！」

「姊姊！」

熟悉的聲音們傳來，她轉過頭看見西洛和莉迪亞兩人瞪大雙眼看著自己，希亞沒想到會在這裡遇見他們，訝異地趕緊起身。

「你們怎麼在這裡？」

「夏茲告訴我只要乖乖待在這裡，就能等到姊姊。」

莉迪亞雀躍地跑向希亞，但是莉迪亞的回答反而讓希亞困惑，夏茲當時告訴她，底下會備好一切她需要的物品。

但無論希亞怎麼思索，還是不明白需要莉迪亞提供什麼協助，但希亞沒有時間在原地苦惱，她仔細看著身邊的莉迪亞，她似乎與自己離開餐廳去找女王之前沒有太大差異。

希亞低聲問道：

「裘德現在怎麼樣了？」

希亞有些忐忑不安，只見莉迪亞露出燦爛的笑容。

「別擔心，他現在恢復正常了，整個人精神很好。」

聽到令人安心的回答，希亞鬆了口氣，彷彿原本纏繞於心臟的繩索瞬間鬆綁般地舒坦，希亞終於能開懷地掛上笑容，她握住莉迪亞的雙手，莉迪亞也緊緊回握希亞的手。

「姊姊們呢？」

在希亞想開口前，西洛率先回答了。

「我們啊，可是費了不少力氣呢。想必現在公主殿下們應該自由自在地享受著度假生活吧。」

如同紅寶石般的雙眼閃爍出興奮的光芒，莉迪亞開心得上下跳動，不斷問著姊姊們的事情，希亞也轉達公主們關心莉迪亞的殷切之情。像是奧莉維亞有多擔心莉迪亞，或是格瑞絲好奇莉迪亞現在長多高了等等。不過現在已經沒有多少時間能促膝長談了，希亞得加緊腳步才行。

希亞仔細環顧倉庫的環境，但只看到堆疊成山的道具而已，沒有任何可以通往外面的出口，希亞朝西洛和莉迪亞說道：

「夏茲明明說過這裡有一道能通往餐廳外面的門。」

讓希亞出乎意料的是，西洛和莉迪亞露出訝異的表情，像是第一次聽到那樣。

「竟然有秘密之門嗎！真是太有趣了！我們趕緊一起找看看。」

西洛的雙眼透出光亮。

希亞著急地開始搜索倉庫，西洛和莉迪亞也分頭仔細翻找倉庫的各個角落。希亞走向堆滿道具之處，她奮力移開那些書桌、帽子、鳥籠、煙火等雜物，找遍所有牆面與地板，但卻一無所獲。

希亞輕嘆一口氣，為了清出一條道路，她搬開身後的雜物們，四周淨是皮鞋、椅子、路標、花盆等雜七雜八的物品。

當希亞想要俯身拿起路標時，道具們應聲掉落在身上，重心不穩的她一不小心就跌在路標牌上，當希亞好不容易站起來時，看見一道熟悉的字體，她專心端詳手上的路標牌子，長杆上的箭頭圖示寫著「右方」兩個字。

希亞馬上想起自己在某處看過這塊路標，原來那是在庭園裡掉進春子挖的洞前，瞥見過的路標，在那一刻，一道敏銳的直覺閃過腦海。

希亞趕緊走出雜物堆，走向路標所指的方向，她急忙搬移沿路的雜物，有一座小收納櫃出現在眼前，擺放的位置與牆面留有些微縫隙。

希亞跪在收納櫃前打開它，收納櫃裡長滿密密麻麻的枝椏與樹葉。

「好久不見。」

希亞向園藝師問好，但似乎沒人聽見她的問候，僅換來一陣寂靜，希亞保持耐心地等候片刻，很快的，原本沉寂的樹葉猶如微風輕拂般開始出現細微的晃動。

「天啊，請趕快關上櫃子。」

園藝師大吼著，樹葉們哀戚地顫動。

「我沒有辦法協助妳離開，如果被發現，我說不定會被處罰。」

希亞即使被拒絕也沒有就此退縮，因為鬥牛犬挖的通道是希亞唯一能離開餐廳的道路，只有經過這裡才能抵達通道，西洛和莉迪亞聽見聲響，也走至希亞的身後，希亞開口請求園藝師的幫忙。

「拜託妳了，路易把我帶來這個世界時，不也是妳替他開門的嗎？我現在要去找哈頓的解藥，所以必須透過妳才行。」

但園藝師卻撇過頭，伸展著枝葉並覆蓋起收納櫃的內部，一道低沉的聲音傳來。

「抱歉，我不能幫妳。」

園藝師的道歉讓希亞陷入絕望，園藝師擺出再也不想有任何交談的態度，此時，背後有人開口說道：

「真神奇。」

希亞轉頭朝聲音的來源看去，當她一看到莉迪亞的表情時，一句話也說不出來。女孩的雙眼毫不掩飾心底的藐視與埋怨，聲音因為壓抑情緒而透出輕微顫抖。

「妳從沒向我道歉過。」

希亞不明白莉迪亞的意思，莉迪亞走過希亞身邊，來到園藝師的面前。

「這是那天之後，第一次見面吧？」

希亞這才回想起莉迪亞的日記內容，她趕緊轉頭確認園藝師的反應，剛才極力迴避希亞的請求，將樹枝全數豎起，隔絕外在的園藝師，現在轉變了態度，雙眼望著莉迪亞。

「當時那是最好的方法了。」

清澈的聲音自收納櫃傳來。

「那是對妳而言最好的方法吧。」

稚嫩的嗓音帶著強烈又赤裸的怨懟，讓在場所有人無法吭聲。

「我被媽媽拋棄後，又被妳拋棄，然後又被妳擅自送去的餐廳拋棄，我因為妳承受了兩次這種難過的遭遇。」

歷經多次背叛與棄離，悲憤交加的情緒使嬌小的身軀不自覺發顫。

「一想到我的命運就是注定被大家拋棄，就讓我一直很害怕。」

莉迪亞語帶嘲諷，朝不發一語的園藝師繼續說道：

「當我被餐廳解僱去找妳的那天，妳甚至不願意出現在我面前。」

沉默持續蔓延，沒有人敢在此刻多說什麼，園藝師靜靜開口。

「因為我沒有臉見妳。」

園藝師抬頭望向莉迪亞。

「對不起。」

園藝師那道清澈的嗓音，語帶慎重地向莉迪亞致歉，但是莉迪亞並沒有就此原諒她，她挺起嬌小的下巴，向園藝師提出要求。

「那把我跟姊姊送到我們想去的地方，這是妳欠我的。」

園藝師用澄澈的雙眼凝視莉迪亞，希亞這才明白夏茲將莉迪亞送來的原因。

收納櫃裡嚴密交錯的樹枝開始緩緩動作，枝椏鬆開後底下的洞窟暴露於空氣中，窄小的洞口看上去一片漆黑，看不清楚洞口通向何方，希亞看向莉迪亞，只見莉迪亞神情複雜地望著拱手讓出洞窟的園藝師。

「莉迪亞。」

希亞輕喚她，並且拍了拍她的肩膀。

「妳要跟我一起去高山嗎？」

希亞低聲問道，莉迪亞則是搖搖頭。

「不，我要去找姊姊們，而姊姊妳要去妳該去的地方。」

希亞用手輕撫著那頭紅色的捲髮，在一旁安靜看著她們的西洛開口說道：

「希亞小姐，我跟妳去，夏茲叫我跟妳一同前往高山。」

「不用了，我自己一個人去就行。」

希亞果斷地拒絕了西洛的幫忙，西洛因為與希亞一起去了女王的城堡，導致他回來後因擅離職守，被關在蜘蛛女人的監牢裡受苦，希亞不想讓朋友因為自己的事而受牽連，但只見西洛左右搖頭，掛上微笑。

「哈哈，恕難從命。布禮草的所在地，夏茲只有跟我一個人說，為得就是讓妳無法拒絕與我同行。」

希亞不由自主感嘆夏茲細膩的心思，就在希亞猶豫的片刻間，西洛越過她，逕自走向收納櫃裡。

「讓我們出發！找尋布禮草囉！」

西洛有力地高喊一聲，低身躍進洞窟裡，他轉瞬消失在黑暗中，尖叫聲的回音自收納櫃的深處傳來。

「姊姊，妳一定要成功回來。」

莉迪亞抓住希亞的衣角說道。

希亞略帶緊張，朝莉迪亞點頭並露出微笑，她向莉迪亞道謝後也彎下腰爬進收納櫃，她的心臟狂跳，這次若是失敗，一切就真的就此結束了。

希亞毫不猶豫地進入洞窟，洞窟相當狹隘，她必須相當費力才能往前爬行，視野一片漆黑，爬行至一半還會跌落到另一處，每當突然墜落時都會伴隨著驚恐的尖叫聲，希亞就這樣在洞窟裡爬行又墜落，反反覆覆了好一陣子，最後在盡頭看見一道光線。

——是出口！

當她愈靠近光亮之處，貼上來的空氣就愈冰冷，一股冷冬的氣息包圍自己，她加快動作往洞口爬去，冷冽的空氣刺痛全身的皮膚。

「希亞小姐！妳還好嗎？」

率先抵達的西洛在外頭呼喊希亞，艱難之下爬出來的她這才回神觀望四周，處處皆被白雪覆蓋，目光所及一片雪白，如冰河般凍結的陡峭山脈就在眼前。

「我沒事。」

希亞站起身子，渾身因寒氣瑟瑟發抖，希亞用雙手抱住身子，向西洛問道：

「西洛，接下來該怎麼找到布禮草。」

「請跟我來。」

面對全新的旅程，西洛看起來格外興奮，他雀躍地催促希亞。

「希亞小姐，我們得加緊腳步，要是太陽升起，風的屍體就會阻擋視線了。」

險峻的山路被冰雪覆蓋，必須相當費勁才不會滑倒。希亞展開雙手在空中保持平衡，踉蹌地在山間前進，刺骨的寒意深入骨髓，當她急促喘氣時，口中冒出陣陣白煙。

不知不覺過了一、兩個小時，他們一步一步更加靠近天際，散落四方的金黃色星兒個個瞪大雙眼瞪著希亞，星兒們似乎繞著她轉，讓希亞感到頭暈目眩。

西洛走在希亞前方幾步之處，只見他昂首闊步走向一棵凋零的樹下。

「西洛，還要走多久？」

希亞用盡全力大喊，但西洛僅是用力揮揮胳膊，示意要她繼續加油，隨後逕自繼續往前走著，希亞全身如冰柱般僵硬，她試圖打起精神，奮力挪動僵硬的雙腿。

他們在雪中走了好一陣子，一路上原本有許多乾癟的樹枝遮蓋視野，卻在轉眼間一片開闊，希亞張望著被枯枝環繞的寬廣空間，在白雪覆蓋的空地正中央，有一株樹木佇立其中，西洛已經站在樹下，希亞走近他的身邊。那裡有樣東西與周遭的白雪形成鮮明的對比。

希亞彎腰撿起掉落在樹下的一根羽毛，那是根格外熟悉的羽毛。

「孩子，妳來拿布禮草了啊。」

那道聲音傳來的瞬間，顫慄感流經全身上下的肌肉與神經，渾身起雞皮疙瘩，那是道令人毛骨悚然又甜美至極的聲音。

希亞手中的羽毛掉落在地，她抬起頭。在熾熱的鮮黃星兒之下，一隻鳥站在樹枝末梢，那頭有著烏鴉身驅的惡魔笑臉盈盈，雙眼發光，如蠟燭般在夜空中燃燒。

烏鴉展開那雙彷彿能納進黑夜的翅膀，用那雙醜陋得看不出來是手指還是羽毛的羽翼，溫柔撫摸身後的藥草，然後俯視看得出神的希亞說道：

「只要妳想要，想拿多少都可以，我說過能將布禮草全都獻給人類。」

那道輕聲細語，溫柔無比，希亞著迷地走上前，烏鴉垂下翅膀，再次將布禮草緊緊遮蓋。

「但妳要是想帶走布禮草，我勸妳小心一點。」

烏鴉語帶竊喜地說，希亞呆望著布禮草問道：

「那是什麼意思？」

「外頭藏著許多覬覦布禮草的妖怪。」

烏鴉低聲說道，猶如講述私語般，挨身側向樹下的希亞。

「妳知道為什麼布禮草要被藏在崇山峻嶺之間嗎？」

「我聽過那則故事，為了夢想而製作寶物的女巫和偷走寶物的女子間的事。」

「這樣子啊，不過那是後來加油添醋的版本了。」

希亞想起愛德華伯爵說過的故事，自信滿滿地回答烏鴉，但烏鴉卻以一句話使希亞啞口無言。

「女巫跟女人會僅因為對夢想的渴望就爭奪寶物嗎？」

看著無法答話的希亞和西洛，烏鴉低聲接續說道：

「都是為了愛。」

烏鴉的低鳴透過寒風傳來。

「她們兩個人之間發生的『真實故事』可是夾雜著令人心痛的愛情故事。」

一陣風襲來，如哀戚的曲調般刮搔耳朵，烏鴉好似回想起遙遠的夢境，沉浸在自我世界般開始緩緩道出。

42

布禮草與兩個女人的秘密（2）

好久好久以前，妖怪島沒有統治者和任何法律教條，那是個混亂且無秩序的時代。竊盜與暴動日以繼夜地如呼吸般四處可見，軟弱的人只有餓死街頭的命運，妖怪們認為他們需要一名君主來扶正這幾近淪陷的社會。當時有一名妖怪被眾人認為是統治者的最佳人選，備受大家矚目，而那個人就是精通醫術與魔法的女巫。

但是她一點也不想成為一國之主，女巫的夢想僅是跟自己心愛的人過上平凡但幸福快樂的日子罷了。然而有件事阻礙了他們的未來，女巫所愛的男子隨著時間日益衰老，皮膚長出皺紋，身體更是一天比一天差。女巫見心愛之人衰老的模樣感到傷心無比，因此她為了自己的愛人，開始調製能使人永保青春的魔藥，她在由鴿子守護的庭園深處，獻出自己的美麗與青春，製作出布禮草。

而在妖怪島上有另一名女子，她的夢想與魔女截然不同。她不懂醫術，更不擅魔法，卻夢想成為統治整座妖怪島的掌權者。這名女子也有一項阻礙——她是隻擁有毒針與翅膀的蜜蜂。所有的蜜蜂皆逃不了一旦使用毒針就會結束生命的命運，若是要殺死對方，同時也會賠上自己的生命。

為了在妖怪島上生存，蜜蜂們唯一擁有的武器就是那根毒針，女人和她的家人是妖怪島上最底層的弱勢存在，若為了愛與恨，想要報仇或犧牲就必須一同陪葬，在無視生命價值，視殺人為日常的妖怪島上，蜜蜂們經常因為拯救家人或愛人，或是因為替他們復仇而獻出性命，絕大多數的蜜蜂皆在年紀輕輕就會過世，因此蜜蜂也被其他的妖怪戲稱為只活一天的種族。

帶有雄心壯志的女人，相當不滿意自身種族的悲慘命運，她認為蜜蜂們浪費了毒針存在的意義，明明是項能一招殺死對方的致命武器，卻沒有被妥善運用，她思索著蜜蜂們若不將這項致命武器用於私人情感上，而是用於爭取自己的利益呢？又或是如果她能組成一支聽命於她，且勢力龐大的軍隊的話，會發生什麼事？

因此女人找上了女巫，她要求女王去除蜜蜂們的所有情感，但身無分文的女子沒有任何金銀財寶可以作為報酬獻給女巫。因此女人向女巫提議，若是女巫實現她的願望，讓所有蜜蜂可以不再需要為了私情而犧牲性命，女人可以召集一股強大的兵力，代替女巫成為君王，免除她備受紛擾的生活。但是女巫聽了女人的話後，只是嗤之以鼻，沒有動心，馬上要女人離開。

但是女人沒有放棄，苦思能讓女巫答應自己的方法。女巫為了製作給愛人的魔藥，全數犧牲了自身的美麗與青春，心想至此，女人決定利用自己的年輕美貌勾引女巫的戀人。

如同女人盤算的那樣，女巫的戀人果真被年輕貌美的女子迷得神魂顛倒，知道這項事實的女巫傷心欲絕，不得不完成女人的要求，因為女人威脅女巫，要是不如她所說，抹去所有蜜蜂的感情，她會讓女巫與戀人再也無法相愛。

女巫為了使戀人回心轉意，按照女人的要求抹去了蜜蜂們所有情感，女巫將憤怒、愛戀、悲傷等情緒裝在一口袋子裡遞給女人，並且要女人將袋子丟進大海，女人滿意地聽從女巫的指示，走出門外。

就在她經過女巫的庭園時，守護庭園的一頭鴿子叫住了女人。

「妳好。」

鴿子盯著女人手中的袋子說：

「妳真的要將那些情感丟進大海嗎？」

女人回答自己將會這麼做，並且繼續走著，但是鴿子再次叫住女人。

「妳能不能將那些情感給我？我一直都很好奇擁有情感是怎麼一回事。」

女人再度拒絕鴿子，隨即想離開，但是鴿子卻問向她。

「妳知道我在女巫的庭園裡守護什麼嗎？」

這一問勾起了女人的好奇心，究竟魔法高強的女巫在庭園裡埋藏了什麼秘密，女人好奇地停下身，鴿子見狀繼續說道：

「是服用後會永保青春與美麗的藥草。」

鴿子低聲說道：

「如果妳將那些情感給我，我可以讓妳帶走藥草，作為回報。」

女人當然無法抗拒這個極具吸引力的提議，因此她一一掏出袋子內的情感餵食鴿子，唯獨將愛戀留於袋內。

陸續拿出憤怒與悲傷的女人，在拿出愛戀時腦裡突然閃過女巫的戀人，既然那個男人能讓女巫如此死心塌地，想必是別具才華的男人，她想起男人對她束手無策的模樣，暗自將手上的愛戀再度藏進袋子深處。

只吃下憤怒與悲傷的鴿子，情感們在體內失去平衡，使他墮落於罪惡，潔白的羽毛化為烏黑，成為一頭烏鴉，他對女人的失約感到憤恨不平，因此將藥草們帶往深山之中，從此銷聲匿跡。

而女人坐擁那些毫無情感的蜜蜂，如她所願成為妖怪島的統治者。她洗腦那些無感情的蜜蜂只對她一人展示忠誠之心，建立起她的王國，但是女人在成為女王後，還是放不下對神秘藥草的渴望，因此她前往山裡找尋布禮草。

對於女王違背諾言而怒不可遏的烏鴉，帶著布禮草出現在她的面前，然後向女王提出一項交易，若是女王獻出一項最愛，就能換取一片葉子。服用整株布禮草可以永遠年輕貌美，一片葉子雖然也具有相當的功用，不過效力擁有時間的限制。女王二話不說就答應烏鴉的交易，她不知道這是烏鴉對她當初毀約的報復。

另一邊透過水晶球看見整個過程的女巫，認為女王一定是要獻出自己心愛的人給烏鴉，趕緊將戀人送往安全之處，那就是女王無法干涉的妖怪餐廳。

知道女巫將戀人送往他處的女王相當慌張，因為女王沒有親近的朋友，能稱得上是家人的，也只有為了壯大勢力而生下的兵蜂，所以女王下定決心要培養自己所愛的人，她開始產下女兒，不像養育士兵或隨從那樣，她萬般疼愛這些女兒們。

然後等女兒們長大時，依年齡長幼一一獻給烏鴉，只要獻出一名孩子，烏鴉就會給出一片布禮草的葉子，當一片葉子的效力逐漸消退時，女王就會準備奉獻下一位孩子……

女王以這樣的方式維持自己的青春美貌，同時手握重權，擴展勢力。

說完故事的烏鴉，望向希亞與西洛，凜冽刺骨的寒風朝他們席捲而去，狂風在耳邊颯颯作響。

「原來是雅歌。」
西洛打破沉默。
「那名女巫就是雅歌，女人就是現在的女王，而烏鴉就是你。」
烏鴉聽著理所當然的猜測，一臉無趣地站在枝頭上，催促兩人。
「那你們得猜到讓兩個女人爭奪不下的男人是誰嗎？」
烏鴉俯身靠近希亞，看著她的雙眼，與烏鴉四目交接的感覺讓人渾身發麻，無法思考，猶如被他的目光困住般，無法自由移動視線。
烏鴉望著希亞的雙眼低聲說道：
「是妳認識的人。」
強烈的眼神與聲音催促希亞道出答案，希亞細細回想自己來到這裡前看到的表演內容。
「愛德華伯爵？」
「不是他，他只是把從酒友口中聽來的故事，用於舞台表演罷了。」
對於希亞的猜測，烏鴉搖搖頭。
——酒友，一起喝酒的朋友……
難道只是巧合嗎？說起酒，希亞的腦中只浮現一名妖怪，希亞望向烏鴉，小聲開口。

「酒鬼？」

烏鴉點點頭，希亞的腦海裡瞬間浮現所有看似毫無關聯的事件。

當她第一次去酒之房時，發現雅歌竟溫柔地主動準備解酒劑給酒鬼、不斷嚷嚷著水晶球是寶物二號，卻一直閉口不談寶物一號為何，另外還有每當雅歌生氣時，都會拿鴿子來罵人的習慣，以及後悔往事、困在回憶，身陷哀愁的酒鬼，還想起了莉迪亞的日記裡，曾寫到關於公主們與女王的故事等等。希亞拼湊起記憶的碎片，並將剛剛得知的事實與記憶細細對照後，得出了一個結論。但希亞現在只想把心思集中於她該了解的事情上，她向烏鴉開口問道：

「布禮草可以治癒哈頓的病嗎？」

「當然。」

烏鴉低沉地回答。

「吃下布禮草後，肉體可以重返年輕的最佳狀態，並且永生不死。」

「你說過會給身為人類的我，所有的藥草嗎？」

「沒錯。」

烏鴉掛上淺笑，輕柔地回答。

「只要妳付出相對的代價，我就會遵守承諾。」

原本沉浸在思緒裡的希亞，聽到烏鴉這麼一說，突然心頭一揪，開口問道：

「代價？」

「妳想裝傻嗎？」

烏鴉愜意地在枝頭上伸展翅膀，喃喃自語。

「妳不是都聽完故事了？」

惡魔的雙眼悄悄地窺探希亞的眼神，那雙漆黑的瞳孔如子彈鑲在天藍色的眼珠裡，直勾勾凝視希亞，那個不想承認的想法在希亞的腦海擴散開來。

烏鴉看著希亞，不疾不徐說道：

「妳只要將最愛的東西給我就好。」

那道低語猶如一塊巨石，落在希亞的心上，不安感席捲全身。

——這應該不是唯一的選擇吧。

她的心臟劇烈跳動，整個人茫然不已，一定要有其他的選擇才行，爸爸、媽媽的臉龐如幽靈般浮現腦海，她無力地發出掙扎。

「不行。」

雖然希亞的聲音顫抖，語氣卻相當堅定，心跳如敲響警鈴的鼓聲在耳邊迴盪。

這是場注定迎向不幸的交易。

烏鴉以遺憾的口吻說道：

「這樣啊。」

惡魔只說了簡短一句話，沒有多加催促，希亞望著那雙不留餘地的雙眼，堅決說道：

「我最愛的事物不在這個世界。」

「那並不礙事，我可以飛往任何的地方。」

「不可以。」

即便嘴上拒絕，但巨大的絕望感卻猶如海浪席捲而來，但是她仍不為所動。

「我拒絕你。」

「希亞小姐，這不是可以救活妳的機會嗎！」

在一旁看得相當著急的西洛不禁大聲喊道，但是希亞搖搖頭，向烏鴉乞求，她哽咽的聲音自喉間斷斷續續地流出。

「你還不如要求其他的東西吧，我願意給你所有的一切。」

希亞不知道自己在胡言亂語些什麼，她慌了手腳，心跳愈來愈快，一股痛楚蔓延全身，她發了瘋似的苦苦哀求。

「拜託你了，我願意替你做任何事。」

烏鴉無動於衷的表情使得希亞失去全身的力氣，瑟瑟發抖，她想起妖怪們曾經想對她做的事情。

「我願意讓你啃咬我的肉，甚至喝我的血也沒關係。」

維茲沃斯和愛德華伯爵的要求，突然變成世界上最容易達成的事，希亞以懇求的眼神望著惡魔，顫抖的雙手冒出汗水。

只見惡魔簡短回答她。

「我對其他的事物一概不感興趣。」

斗大的淚珠自臉頰上滑落。她並非感到難過，而是她明白自己無論如何都不會犧牲家人。只是她一直以來為了活下來所做的那些努力都在這一刻失去意義，她為此感到委屈不已，她無法相信到頭來還是要被挖出心臟而死，眼淚不停流下。

即便她再怎麼說服或哀求烏鴉，但他絲毫聽不進去，希亞像雙腿被釘在土地，茫然望著烏鴉，而烏鴉只是在枝頭上整理著自己的羽翼。

希亞如一尊空有外表的戲偶，她的心被掏空得蕩然無存。

烏鴉若無其事低頭望向希亞，壓低聲音說道：

「我說過人類可以將布禮草全帶走吧？」

烏鴉朝站在樹下的希亞開口說道：

「但不是所有的人類都可以帶走。」

這句話殘忍地刺進希亞的胸口，希亞移動步伐，再也沒有該聽的話，她的腦中一片空白，希亞轉頭望向焦急的西洛，正想催促他下山時。

「在妳來之前，還有另一個人前來找尋布禮草。」

聽見烏鴉這麼一說，希亞停下腳步，她不自覺轉過身，看著樹上的烏鴉。

——這裡還有其他的人類？

烏鴉冷靜地望著希亞。

「但是他沒能帶走布禮草，因為他沒有所愛之物。」

烏鴉繼續輕聲說道：

「大家都是如此，當我向妖怪們提出交易時，妖怪們紛紛帶著他們所愛之人來到我的面前……」

烏鴉突然深吸一大口氣，他與希亞四目相交，那雙眼睛帶著笑宛如尖銳的新月，繼續低聲說道：

「但那並非真正的愛戀，只是偽裝成愛的謊言或是執著。」

希亞站在原地不動，望著烏鴉移動雙腿飛至樹下，並且緩緩朝她而來。

「那時除了愛戀以外，我吃光了其他的情感，因此我不知道真正的愛究竟是什麼，我一直等待能讓我見識到真愛的人，我想要的是能夠明白什麼是真正的愛。」

剎那間，烏鴉張開雙翼，漆黑醜陋的翅膀蓋住夜空與星兒，那副巨大翅膀開展的模樣與夏茲曾經的模樣相當神似。

烏鴉飛至希亞面前，當希亞直視那對眼睛時，她感到全身發麻，不得不忍受寒意從腳底竄至頭頂的感覺，整個人快喘不過氣。

惡魔向希亞開口。

「妖怪無法給予我渴望的東西，我為了找出答案，飛往了其他世界，我當然也去過人類的世界。啊，人類的世界真的不一樣！你們真是奇妙又有趣的存在！」

烏鴉的雙眼閃爍出光芒，大聲高喊。看著烏鴉天藍色雙眼裡透出的興奮與瘋狂，希亞震懾得無法自由移動身子，烏鴉俯視僵直的希亞，笑著說道：

「當女王告訴我，她能用妖怪島上的任何事物跟我換取布禮草時，我告訴她，我想要的東西唯有人類才能給予。」

再次恢復冷靜的聲音，朝希亞低聲呢喃。

「當我說出換取布禮草的代價時，我一看就知道了，妳的表情不是偽裝的。」

希亞不明白烏鴉的意思，她全身緊繃，烏鴉很快就接續說道：

「將我未曾吃過的愛分給我，我知道妳擁有我想要的東西。」
烏鴉的話讓希亞的血液彷彿恢復通行，當她明白烏鴉真正想要的不是獻出家人時，那道希望使她隨即抬頭望去。
「我該怎麼做才好？」
希亞真摯地發問，烏鴉將眼神望向他處，輕輕說道：
「我怎麼知道，我說過了，我連那是什麼都不知道了。」
希亞感覺得出來烏鴉正暗喻自己早就知道答案，但無論她怎麼左思右想，仍不知道到底有什麼東西可以讓烏鴉滿意。
希亞將手放進口袋，指尖傳來柔軟的觸感，她伸出手，手掌有一片鳳仙花的花瓣，自從湯姆在餐廳給她後就一直帶在身上，不過花瓣並不像黏土有著特別的作用，她看著花瓣想起那些深藏在腦海深處，與家人們共同的回憶與緊密情感。
希亞不發一語，將手中的鳳仙花伸向烏鴉，他一見花瓣嘴角隨即勾起微笑，希亞明白這就是烏鴉渴望的東西，烏鴉飛至希亞的頭上，快速叼走手中的花瓣，烏鴉飛經的地面留下猶如黑夜殘影般的羽毛，其中落下一株發光的草枝。
希亞張開手接住布禮草。夜空下的某處傳來陣陣笑聲。

「拿走吧，我現在已經習得所有的情感了，不需要再帶著布禮草留在此地。」

希亞幾乎以狂奔的方式跑下山，儘管西洛在身後不斷大吼要她別滑倒，但她毫不在乎。她的心如飛騰的氣球般快樂無比，小心翼翼地抱著懷中的布禮草，嘴角還不自覺地露出笑容。

——結束了。

她全身上下的細胞都在歡欣鼓舞。

——一切都結束了。

希亞不顧一切衝下山，一心想要趕緊將布禮草給哈頓，結束這一場惡夢。她越過一棵棵凋零的樹木，跑了好一陣子，她感到呼吸急促，興奮之情難以言喻。

希亞一邊催促西洛，奮力跑向那座位於樹下的洞窟。但是當她抵達洞窟前，不禁停下腳步。看著那棵蓊鬱的樹，希亞頓時啞口無言，樹上滿是被胡亂砍伐的痕跡，希亞仔細看著大樹，園藝師像是顫抖著身體要求放過自己般地求饒。

「到底發生什麼事了？」

希亞喃喃自語，輕撫枝幹的傷痕，粗糙的樹皮上頭有著無數個裂縫處，每一處傷口皆積淤鮮血，希亞不顧自己的手沾染血液，撫摸著樹幹的傷口，她的手指觸碰到某種堅硬的物體，她仔細查看刺進樹幹深處的那樣東西，熟悉的模樣使她一眼就認出，那是蜜蜂的毒針。

稍不留神，一根尖銳的毒針飛向希亞脖子附近，她全身僵硬用餘光瞥向一旁，只見一名士兵用自己的毒針，瞄準希亞的頸部。她緩緩轉頭，見西洛早已被士兵逮捕，不停掙扎。四周湧上數百隻，不，可能有數千隻的蜜蜂軍隊包圍了兩人。

喀噠、喀噠，鞋跟宛如刺入冰山般的刺耳腳步聲緩緩靠近，希亞動作緩慢地轉過頭，她下意識地將布禮草藏進深處。

「我的司儀，好久不見。」

女王露出美麗的微笑自樹後走出，她身穿一襲潔白的婚紗，頭戴閃閃發亮的皇冠，猶如冰雪中的女王。女王發現希亞盯著頭上的皇冠後，勾起一邊的嘴角。女王突然將皇冠扔至希亞面前，皇冠從雪地上滾至腳邊，希亞心頭一沉。

女王似乎讀出希亞的心思，開口嘲諷。

「妳該不會認為偷走我的皇冠後還能平安無事吧？」

希亞沒有想到有一天會與拆穿婚禮把戲的女王再次相遇，女王望著希亞，雙眼瞇出彎月形，用哄騙孩子的語氣，溫柔地對她說：

「孩子啊……別怕，在我的婚禮上掉包皇冠的事，我會大發慈悲地原諒妳。」

女王向希亞伸出手，穿戴白色手套的手在她面前張開，女王掛上動人的笑。

「交出布禮草，妳得遵守約定才行。」

女王喚起了希亞幾乎忘得一乾二淨的約定。

——曾和女王約定過，只要能出席女王的婚禮，就必須替她帶回布禮草……

希亞在腦裡預演接下來的發展，在心裡大聲掙扎。

女王用自己的女兒換取一片布禮草，但女兒們已在希亞的協助下逃離母親的魔掌，現在女王勢必會要求希亞交出所有的布禮草。

希亞搖頭拒絕。

「我不會給妳的。」

女王嘆了一口氣。

「如此一來，我也別無他法了。」

女王此話一說，兩名士兵隨即押著某人朝女王與希亞的方向而來，夾在他們之間大力扭動的人，不是別人，正是……

「裘德？」

看見意料之外的妖怪出現在眼前，希亞與西洛不由自主地驚呼，裘德的雙臂被士兵們拽住，雙眼望向虛空，他的眼神與希亞、西洛兩人不同，絲毫沒有驚慌，只是看來有些疲憊，希亞仔細望著眼前的裘德，感到一陣安心，所幸裘德真的如莉迪亞所說的已恢復正常。

「你為什麼在這……」

當希亞講到一半時停了下來，眼前的袠德似乎有些陌生，她的視線落在袠德的頭髮之間，發現異樣的希亞睜大雙眼。

「袠德！你頭上的角呢？」

西洛在另一處大喊，袠德頭上的兩隻尖角突然消失得無影無蹤。

「看你們的反應……應該是不知情吧。」

女王竊笑著，希亞滿臉困惑地轉頭望向女王，等待女王的說明，女王突然伸出手，往雪地裡丟出某物，女王尖銳的嗓音刺穿冷冽的空氣。

「這個男孩是人類。」

希亞吃驚地望著在雪地裡滾動的尖角，腦袋一片空白，女王轉身追問袠德。

「是雅歌派你來的吧？要你來奪走布禮草。」

袠德不發一語，女王的笑聲凝結成銳利的冰柱，接著嘆了一口氣，用夾雜笑意的聲音說道：

「那個女巫總是因為無法找回自己的東西而狗急跳牆。」

女王瞅了一眼袠德並問道：

「她答應給你什麼獎勵？」

沉默過後，裘德回答。

「……把我變成妖怪。」

聽見裘德的回答，希亞的大腦如同被重器擊中般狠狠震盪。

「你……那是什麼意思？」

希亞在知道裘德是人類後，第一次出聲，她的心臟胡亂狂跳，但裘德臉上的表情卻不為所動。裘德像是從好久以前就將事出整理好般，以照唸劇本的語氣開口說道：

「唯有人類能拿走整株布禮草，這就是我們被抓來的理由。」

裘德直到現在才直視希亞的雙眼，他那雙褐色的眼珠不如以往散發出積極樂觀的光芒，盡是毫無情感的冷酷眼神，這正是現在的裘德讓人感到陌生的主因，他繼續以平淡的口吻說道：

「不知道是什麼時候的事，有一天鴿子們突然成群結隊地出現，他們不斷交頭接耳，說我的行動敏捷，而且還與『他』年紀相仿，雅歌一定會很滿意。」

裘德來回看著希亞與西洛。

「他們把我帶來後，雅歌把我留在自己的身邊，要我帶回布禮草，但問題是無論怎麼找都找不到布禮草被藏在哪裡，即便我嘗試靠近夏茲，卻沒有一次成功。」

希亞這才明白裘德口中的「他」是夏茲，裘德繼續說道：

「所以當哈頓需要人類心臟時，雅歌才會決定不獻出我的心臟，而是提議再帶另一個人來妖怪餐廳，或許那個人能成功帶回布禮草也說不定，然後妳的確與我不同，順應了雅歌的期待。」

裘德望向希亞的雙眼。

「當夏茲為了妳告訴西洛布禮草的位置時，雅歌透過水晶球聽得一清二楚，然後在妳出發前將我送來這裡，為得是要搶在妳之前先把布禮草拿回去。但是我失敗了，因為我沒有東西可以與烏鴉交換。」

說完來龍去脈的裘德望著希亞與西洛。他們兩人一個字都說不出來。埋怨、衝擊、失落、害怕，在三人交錯的視線裡，複雜的情緒來回穿梭，維持一片沉默。

首先打破寂靜的是西洛。

「你為什麼不告訴我？」

西洛的聲音夾雜些許憤怒。

「你怎麼可以這樣？」

裘德淡然回答他。

「我戴著假鹿角偽裝成妖怪，每天提心吊膽怕被發現，和你們龍族講話時也不敢輕易對眼，被揭穿我就慘了。」

聽著西洛和袞德的對話，希亞感覺自己彷彿被塑膠膜緊緊包覆，感知不了任何的情緒與想法。

看著袞德以冷漠的語氣講述自己跟西洛在一起時有多不安的表情，完全像是另一個陌生人，那些曾一起歡笑、打鬧的回憶如今全變成謊言，希亞雙眼無神，腦海中只浮現一個想法。

「所以你才會一直幫助我嗎？」

希亞終於開口，袞德將視線轉往希亞，她再次開口，督促袞德回應。

「……就為了找到布禮草？」

雖然只是簡短的兩個問題，卻蘊含對於所有相處時光的疑問。

總是幫助希亞完成餐廳的工作、一同在圖書館找書，在她不安時在一旁加油打氣，當她有口難言，拒絕袞德的幫忙時，是袞德主動跨出那一步，希望希亞依賴他，一同努力的……

當希亞在這個陌生的世界裡感到孤獨與害怕時，袞德是她最大的支柱，但那一切的行動難道都是另有意圖嗎？希亞比起期待想聽到的答案，更害怕聽到那個不想聽到的回答，她呆望著裘德。

短暫的沉默後，裘德開口。

「沒錯。」

他的回應是那般平淡，希亞未將視線移開，眼神透露出願意等待的信任。但是見到裘德不想再多說明的冷淡表情後，她感到整顆心都碎了，一陣痛楚蔓延胸口。

此時，看似不會再出聲的裘德卻再次開口。

「妳幹嘛擺出那副表情。」

裘德低沉地繼續說道：

「妳明知道我會有危險，還是讓我出手幫妳，甚至知道我會被拷問還是眼睜睜看著夏茲把我帶走，不是嗎？」

聽見裘德如此一說，希亞覺得一道重擊打在心上，裘德說出了希亞最害怕聽見的話，「我是因為妳才被拷問的。」希亞每天皆會想像好幾次當裘德清醒後，會指著自己的鼻頭這樣逼問她。不過眼前的景象卻與想像不同，裘德的聲音不帶一絲埋怨，反而說得相當理所當然，這讓希亞更加無力。

希亞緩緩開口，她冷靜的語氣連自己都覺得訝異。

「在茶裡放鈉依萊的人是你嗎？」

希亞壓低聲音，裘德沒有馬上回答，希亞感覺心臟揪成一團。

「雅歌認為妳到女王的城堡救夏茲時，他就會告訴你布禮草在哪裡。所以我必須做些什麼好讓妳被迫無法馬上出發。」

裘德望著地面回答希亞，希亞完全想像不到當自己來到女王的城堡時，裘德的所作所為，不敢置信的她甚至覺得眼前的一切，說不定僅是一場不真實的幻想。

「那個時候，我以為你因為被拷問還在昏迷……」

喃喃自語的聲音能聽出無力與埋怨。

「當時的意識不清也是裝的嗎？難怪雅歌不願意醫治你。」

希亞忍不住語帶嘲諷，裘德這才抬頭望向她。

「那時候是真的陷入昏迷，雅歌會讓莉迪亞照顧我，是因為不想讓她跟妳一起來救夏茲，因為女王可以透過手鍊操控她，要是阻礙妳救夏茲就前功盡棄了。」

希亞呆愣地望向裘德，不知從何開始，她無法辨識裘德說的每一個字，裘德明明站在她的面前，她卻遺失了那個記憶中的他，站在眼前的是另一個陌生且令人厭惡的存在。

希亞緩慢開口說道：

「你不想回到人類的世界嗎？」

裘德不假思索地回答。

「不想，我在這裡待太久了，已經想不起原來的世界是什麼模樣。」

啪。

女王拍響雙手，對希亞簡短地說：

「閒聊到此結束。」

女王毫不留情中斷希亞與裘德的對話。

「讓我們回到原本的重點。」

女王來到希亞面前，希亞死守著懷裡的布禮草，女王用挑剔的嘴臉說道：

「為了等妳，我的手都要凍僵了。」

她朝希亞伸出手，希亞動也不動，抬頭盯著女王，而女王的臉上露出笑容，晃動手掌。

「快點。」

女王督促她。

「否則妳和妳的朋友們只有死路一條。」

聽見女王如此說道，希亞的心臟發狂跳動，希亞緊盯女王的雙眼，只見她將嘴角勾出詭異駭人的弧度，無聲逼迫希亞。

43

朋友的背叛

掌心冒出汗水，士兵將毒針緊緊湊近希亞與西洛，劍拔弩張的氛圍一觸即發。

「我是不會交出來的！」

在數百名士兵的包圍下，那道堅毅的高喊迴盪緊張的空氣之中，所有人的視線全都落在西洛身上，西洛高舉細小的拳頭，怒瞪女王。

「如果不放我們走，我就只能放火將妳的士兵們全都燒得不留灰燼。」

面對西洛的挑釁，士兵們一致豎起毒針，擺出警戒姿勢，任誰都不敢貿然行動，猶如有看不見的線繩將所有人緊密纏繞，若是一有閃失，一切將會瞬間爆炸。

隨時會開戰的緊張氣氛下，希亞忐忑不安地觀察女王的反應，只見女王站得筆直，一臉泰然自若地望向西洛。

「幼小的龍啊。」

女王呼喊西洛，踏著輕快的步伐走向他，皮鞋的聲響如匕首般安插在緊繃的氣氛裡，女王來到西洛的面前。

士兵的毒針更加靠近西洛，所有人繃緊神經注視著女王每個微小的動作。女王傲氣地抬起下巴，由上往下鄙夷西洛。

「我很了解你的家人們，他們負責製作皇家的皇冠與手鍊。」

當女王提起龍族時，希亞隨即察覺西洛的表情變化。

「你們龍族雖然擁有強大的力量，但天性懶惰又單純，因此滿足於皇室供給的寶石，整天窩在洞穴裡。」

女王彎下腰，直視西洛的雙眼，她的嘴角往上勾起。

「你是所有龍族中最軟弱無力的龍，因此被掃地出門，在我看來你不僅懦弱又蠻橫無禮。」

西洛的表情因憤怒與恥辱扭曲了起來，女王露出惋惜的神情，靜靜端詳西洛漲紅的臉龐，隨後挺起腰桿，轉身說道：

「你對我根本不構成威脅。首先，你的火焰在這冰天雪地裡難以延燒，再來，我帶來了龐大軍隊，你絲毫沒有勝算，最後一項，我是不會著火的。」

女王回到原先的位置，轉身看向西洛，語帶親切地說：

「如果你不希望自己的結局是死在蜜蜂毒針下的龍，被後人唾棄嘲諷的話，就給我乖乖待著。」

女王環顧四周，以所有人皆能聽到的音量說道：

「在這裡的所有人都一樣，勸你們別想把事情鬧大，我不希望士兵們被燒死，想必你們也不希望死在毒針之下。」

女王的視線回到希亞身上，她露出和藹的微笑，輕聲說道：

「想必我們需要協商一下，妳若是交出布禮草，我就放過妳跟妳的朋友。」

女王像是要握手似的，朝希亞伸出手，希亞望著女王的手心，暗自握緊了手中的布禮草。數百隻蜜蜂們將毒針對準希亞、西洛還有裘德，鋒利無比的毒針宛如上膛的子彈，來到手臂左右的高度預備下一秒就能攻擊，雖然希亞以迫切的眼神盯著女王，但女王僅是用乏味的表情呆站在原地。

「真是浪費時間。」

女王喃喃自語。

「乾脆全都殺……」

隨著女王的指示，士兵們一齊舉起早已瞄準的毒針，在那一瞬間，想到自己跟朋友都將受死的希亞備受震撼，手下意識地快速將布禮草放到了女王的手中。

時間彷彿暫停，女王的命令也停在半空中，正要射擊的蜜蜂們也停下動作，希亞瞥向女王，耳邊僅有大力跳動的心跳聲。

——發生什麼事了。

她感覺全身麻痺，無法理解眼前的狀況，女王的嘴角笑了，看著女王的神情，希亞這才知道自己做了什麼事情，龐大的絕望感席捲而來。

「希亞小姐！」

西洛的聲音顯得有些朦朧。她感覺耳邊嗡嗡作響，一切全都模糊不清。

希亞悵然若失地望著女王手中的布禮草，不過才幾分鐘前的事，當時的她還以為所有事即將迎刃而解。以希望、期待和信任千辛萬苦堆疊出的高塔，就這樣瞬間天崩地裂，不留下一點痕跡，連一塊磚石也不見蹤影。

女王的笑聲隱約傳來，她轉身背對希亞，舉起那隻握有布禮草的手。

——不可以，不可以吃！

雖然希亞在心中大吼，但她無法阻止女王，士兵們仍用毒針包圍她，她只能眼睜睜看著女王的背影。

此時天空突然出現一道巨大的黑影，遮住光線，士兵們瞬間將希亞的雙手架在身後，壓低她的身子。她感覺到背上傳來尖銳針頭的觸感，整個人不敢輕舉妄動，雖然希亞緊張萬分，但她沒有尖叫，甚至不敢呼吸，哪怕一有動靜，背後的毒針就會刺穿皮膚。

希亞不敢動作，只敢轉動眼珠查看發生了什麼事，然後她看見無法置信的光景。她看見夏茲用手掐住女王的脖子，在場的所有人全都僵直在原地，好幾分鐘的沉默就這樣過去，所有人繃緊神經，面面相覷，緊繃感已經醞釀至最高點，潔白的雪地彷彿下一秒就會開戰濺血。

打破沉默的人是女王，她望著掐住自己脖子的夏茲，憐愛地笑了起來。

「夏茲。」

從女王的聲音聽來，夏茲並沒有使勁掐住她的脖子，女王繼續溫柔地說：

「你怎麼會來這裡？」

女王擺出思索片刻的表情，隨後恍然大悟。

「啊，原來是雅歌，那個該死的女巫一定是透過水晶球偷看了一切，然後洩漏風聲給你吧？她一定百般不情願我拿走她的布禮草。」

然而夏茲像是聽不見女王的抱怨，冷淡地說道：

「把布禮草還給她。」

女王劃開嘴角，笑著反問。

「要是我不願意呢？」

夏茲掐住女王脖子的那隻手的指尖開始變長、變得銳利，他的身上未被黑色羽毛覆蓋之處也漸漸轉為烏鴉的毛色，那雙已變得如新月般鋒利駭人的指甲，緊緊掐住女王纖細的脖子。

當夏茲愈威脅女王，希亞愈能感受背上毒針更加貼近肌膚的冰冷觸感。任何輕微的一舉一動皆牽動所有人的神經，眾人的視線就這樣交織於緊繃的空氣之中，僵持不下的沉默無止盡地蔓延。

最後，女王開了口。

「好吧，一頭矮小的龍再加上你，的確不好對付。」

女王望向士兵們。

「全都把毒針收起，不需要了。」

希亞感到雙臂恢復自由，那道尖銳感也遠離了自己，她站直身子，望向被士兵團團圍住的女王與夏茲。女王看起來毫不在意自己的脖子仍在夏茲的手中，她直視夏茲的雙眼，理直氣壯地說道：

「那我們以其他條件來協商吧。」

一聽到協商兩字，希亞再度將注意力放回女王的身上，或許這是個能拿回布禮草的機會。

女王張開嘴唇，希亞雙眼緊盯著女王的嘴，等著她將說出的話語。然而下一秒，女王的嘴角開始抽搐，自嘴角的周圍開始，整張臉的皮膚出現明顯的變化，所有人皆以驚恐的眼神望著女王的轉變。

很快地，女王的臉上爬滿皺紋，整張臉自額頭開始下垂，原先銳利的眼角也重重垂下，雙頰凹陷，原本就消瘦的臉龐變得更加枯瘦憔悴，以往華麗皇冠下那頭既蓬鬆又豐盈的髮絲也變為蒼蒼白髮，前一刻還站得威風凜凜的腰桿也傴僂駝背。

在所有人驚愕的注視下，女王變成了截然不同的另一個人，那名老嫗與夏茲四目相交，輕聲說道：

「孩子，你看來很意外。」

女王的變化甚至延續到聲音，希亞這才發現夏茲幾乎已經鬆開女王脖頸上的手，她剛好站在夏茲的身後，因此無法辨別夏茲此時臉上的表情，夏茲開口說道：

「妳為什麼會……」

「哎呦，我的孩子。」

女王以安撫孩子的聲音溫柔哄道，凝望夏茲的雙眼流露出難以置信的憐愛。

「我還以為你能看出端倪。」

女王伸出手，用那滿是皺紋的手掌撫摸夏茲的臉頰。

「我一直以來都是同一個人，只是你認不出我而已。」

女王語氣輕柔。

「只要吃一片布禮草，就能維持年輕美貌。」

夏茲沒有閃避女王的輕撫，只是僵直在原地，不久後他打破沉默。

「所以妳派我去找烏鴉嗎？為了維持年經的外表？」

希亞聚精會神地聽著每一個子，當她愈是集中注意力推敲他們的對話，那如故障電線般閃爍火光的推論就愈鮮明得在腦中成形。

「孩子，你記得若想換取布禮草，要付出什麼代價嗎？」

女王低聲問道。

「要獻出我最愛的人。」

夏茲握住女王頸部的手已經不再使力。

「我原本是一一獻出女兒給烏鴉，來換取布禮草。」

女王繼續說道：

「但當我其中一名女兒逃離後，其他女兒們陸續反抗我，讓我無法真心真意地愛她們，害我沒有東西可以獻給烏鴉。」

希亞想起莉迪亞的日記裡，關於脫逃那天的描述。

「我若是得不到布禮草，就會變回衰老的模樣，因此需要找名我所愛的人。」

那道原本浸淫在美好夢境裡的朦朧雙眼，瞬間閃過銳利的光鋒，女王以溫暖的眼神望著夏茲。

「然後偶然之下我遇見了你，一見到你，我的直覺馬上告訴我你就是那個人，因此我將你視為親生兒子般撫養長大，疼愛有加。」

女王說的故事與首次和夏茲相遇時所聽見的身世如出一轍，那名老嫗將全家人慘遭毒手、孤苦無依的年幼夏茲視如己出。希亞聽著兩人的對話起了雞皮疙瘩，全身哆嗦。

「雖然你最後還是逃跑了，讓我的苦心差點功虧一簣。」

眼角布滿皺紋的雙眼，閃爍出帶有憐憫與占有的眼神。

「不過幸運的是，我日後在山間又遇見了你，慫恿你拿回布禮草時，你仍二話不說地替我帶回了布禮草。」

「就是因為妳，我才要過著被惡魔吞噬的生活。」

夏茲嚴厲地責怪女王。

「沒錯。」

女王輕柔地笑了。

「不過孩子，因為你是我的最愛啊，我將最愛的你獻給了惡魔，才能實現這一切的。」

夏茲的手已經完全離開女王的身軀。女王的低語就像一頭鎖定獵物的響尾蛇，搖晃尾巴，步步逼近。

「可憐的孩子，你的人生總是渴望有人疼愛你吧？」

希亞望向一動也不動的夏茲，覺得心如刀割。

不知不覺天已亮，地面被白霧籠罩，西洛曾叮嚀過一旦太陽高升，風的屍體就會遮蔽視線，時間所剩不多了，希亞焦急地望向女王與夏茲。

女王站在夏茲面前說道：

「所以幫助我得到布禮草吧，那麼我就能像以前那樣全心全意地愛著你。」

聽完女王的話語，希亞確定了對於女王真面目的猜測。

「夏茲，你清醒點！」

希亞望著夏茲呆站在原地的背影，焦急地大喊。

「那個女人為了服用布禮草，將自己的女兒變成怪物，獻給惡魔，她當初也這樣對你。」

難以置信那名收留苦無去處的夏茲，並且將他扶養長大的老嫗，和未服用布禮草而衰老的女王竟是同一個人，但是絕不能讓曾依賴老嫗的夏茲就此心軟，再次服從女王的誘惑。

「那個女人殺了你的家人！」

老嫗就是殺害夏茲一家人的兇手，即使夏茲明知這個可怕的事實，還是如同被賽蓮女巫的歌聲魅惑的水手般呆站在原地。然而在希亞扯開嗓子的吼叫之下，夏茲自大夢初醒，那雙如新月般鋒利的指尖將女王推倒在雪地裡。

希亞隨即尋找女王的身影，但地面早已被濃霧籠罩，眼前一片白茫茫，對於突如其來的意外，士兵們兵荒馬亂，不知所措。突然只見裘德奔往某處，希亞看見他彎下腰拾起某物後，整個人呆滯在原地，因為裘德的手上拿著女王因跌倒而掉落在地的布禮草。

回過神來的士兵們，紛紛預備毒針，準備進行射擊，但女王的聲音忽然傳來。

「別攻擊，先擋住兔子洞窟！一定要阻止他把布禮草拿走。」

所有事情在一轉眼同時發生，數百頭蜜蜂一同衝向園藝師下方的洞窟，但裘德早已跳進洞窟，消失得不見蹤影。濃霧漸升，四周已經伸手不見五指。

希亞不知該如何是好，著急得直跺腳。冉冉上升的地氣似乎將頭髮也染得花白，呼吸紊亂不已。

此刻，裘德奪走了布禮草，身邊還有數百頭擺出攻擊姿勢的士兵。

——西洛呢？夏茲呢？

「希亞小姐！」

西洛的聲音自某處傳來，雖然希亞朝西洛聲音的來處探頭，卻看不見他。

——到底在哪裡？

就在希亞找尋西洛時，耳邊從遠到近盡是蜜蜂們蠢蠢欲動的聲響，希亞的心跳早已脫離既有規律，瘋狂起伏。

「趕緊回到宮殿，以最少的兵力留守，出動全體士兵侵略餐廳！即使使用毒針也要找回布禮草。」

女王激昂的聲音格外刺耳，緊接著是蜜蜂們振翅飛翔的聲音，大批蜜蜂起飛的動作甚至使地面出現震動，四面八方颳起的風貼上臉頰，蜜蜂們陸續起飛，希亞仍在原地找尋西洛的身影。

此時有人抓住希亞的手，雖然突然的動靜嚇了她一跳，但所幸熟悉的感覺讓她很快就放心。西洛握住她的手將她帶離那裡，走了幾步路後，在幾經摸索之下，似乎摸到了形似洞窟入口的位置。

「趕快進來吧。」

西洛催促著希亞，希亞跟隨西洛的帶領彎下腰，她感覺自己的雙腿顫抖，臉色發白，一躍進洞窟後希亞隨著速度感放聲大叫。

漆黑的洞窟裡聞得到刺鼻的土壤味，希亞不斷在洞窟裡又爬又跌，心急的她沒時間感受痛楚，僅是一股腦地往前，身後的西洛則是不停傳來淒厲的尖叫聲。

當希亞跌出洞外時，一陣香氣貼拂至鼻尖，色彩繽紛的花兒與茂盛的櫻花樹在晨間的空氣盡情綻放。他們回到餐廳的庭園，妖怪們還在睡夢之中，空蕩蕩的庭園洋溢著夢幻的氛圍。一回到熟悉之處也讓希亞鬆了一口氣，她站起身。

伴隨著忽大忽小的悲鳴，西洛也滾出洞外，他似乎認為希亞沒聽見自己方才一路上的淒慘叫聲，擺出一臉鎮定的表情。

「希亞小姐，妳沒事吧？士兵們有沒有傷害妳……」

「幸虧有你，我沒事，不然因為濃霧密布我什麼都看不到……」

希亞一邊回答，一邊環繞四方，放眼望去未見裘德的身影。

「哈哈，龍族全身上下的感知敏銳度可是優於一般妖怪好幾千倍，即便在濃霧裡也能來去自如。」

儘管西洛一副得意洋洋的樣子，但希亞仍不斷地四處張望，西洛看著她說道：

「現在找裘德是沒有用的，他應該已經把布禮草給雅歌了。不過我認為還有轉機。」

西洛張開雙手，示意要希亞望向四周。

「現在不是妖怪們睡覺的時間嗎？現在酒鬼那傢伙不可能醒著，所以我相信雅歌還沒有給他布禮草。」

聽見西洛的解釋，希亞稍微放下了心中的焦慮，但一道想法突然閃過腦海，她語帶遲疑地向西洛問道：

「西洛，那你為什麼……」

但她只說了幾個字後就搖搖頭，現在沒有時間和西洛長談了。

「沒事。」

希亞喃喃自語，急忙趕往地下室。

「妳想問我為什麼沒有阻止裘德拿走布禮草嗎？」

西洛的聲音自身後響起，道破希亞的心中所想，她停下腳步回頭望向西洛。

西洛接著開口。

「希亞小姐，妳也知道我因為占怪的個性與矮小的體型，長期被家人排斥在外。」

西洛的態度與當時被女士嘲諷時截然不同，現在的他語氣聽來淡然平和。

「我在被親人排擠之下活了快一百年，裘德是第一位願意與我成為朋友的人，當我進來餐廳工作時，他不在乎我的外表以及與他人相異之處，願意以自然真誠的態度與我相處。」

這是在知道裘德的秘密後，兩人首次談起他，希亞仔細傾聽西洛的每一句話。

「我原先以為自己注定過上一輩子被排擠的人生，但他願意接納我的這份心，比任何的金銀財寶都還珍貴，所以我不在乎他是人類還是妖怪。」

聽著西洛所說，希亞回想起曾與裘德相處的時光，這段回憶的盡頭，是希亞質問裘德是否一切的目的都是為了布禮草，他那毫無辯解的表情清晰烙印在腦海。

雖然生氣，但他的表情和語氣也讓人心生懷疑，他的一舉一動真的全都經過縝密的計算嗎？在希亞覺得五味雜陳時，西洛低聲說道：

「希亞小姐，裘德要是無法將布禮草順利帶給雅歌，他必死無疑。」

希亞聽見後感到心頭一沉。

「我雖然希望妳能將布禮草帶給哈頓，但同時也希望裘德可以將布禮草給雅歌。」

聽見西洛如此一說，希亞像是迷失方向般，吐不出一個字也無法有所反應，她感到混亂無比。

此時，背後一道熟悉的聲音如鬧鐘般響起，喚醒了希亞。

「我等妳很久了。」

一轉頭，看見路易和幾名團員站在一塊，希亞察覺到路易的視線落在自己空蕩的雙手。

「妳帶回布禮草了嗎？」

路易直搗核心的問題使希亞趕緊回神，她急忙告訴路易。

「現在那不重要。」

「如果布禮草不重要，那什麼才重要……」

路易語帶不悅，希亞按捺不住地說道：

「女王正帶領著士兵來餐廳。」

路易的表情瞬間僵硬，希亞盯著路易的神情，斬釘截鐵地說道：

「他們要攻陷餐廳了。」

希亞的聲音如同戰前的號角般響起，害怕的園藝師收起花草與樹枝，將花苞與葉片藏得緊緊的，路易身後的團員們也紛紛露出恐懼的表情。

「我們全都要死了。」

「士兵的數量可是很驚人的。」

「他們全有翅膀與毒針。」

「只要一被毒針刺到，就會當場死亡。」

不過路易仍維持著一貫的沉著冷靜，他那短暫僵硬的表情也很快恢復正常，在腦裡盤算著應有的對策。

爾後，他開口對嚇得失去血色的團員們說道：

「我並不認為沒有勝算。」

所有人轉頭望向他，專心聽著路易的想法。

「被蜜蜂螫的人會當場死亡，相對地蜜蜂也會失去性命。因此雙方皆會損失兵力，因此我想在非必要的情況下，他們會使用其他武器進行攻擊。」

路易即使面對蜜蜂大軍的來襲，還是展現出難以置信的冷靜，語氣裡不帶一絲驚慌。

「到頭來還是一場戰略為重的戰爭，雖然他們人數眾多，但成群結隊、一齊揮舞武器的作戰模式，將難以偵查周邊環境的變化。」

身後的一名團員不甚明白路易的意思，搖頭開口問道：

「但如果這是他們的弱點，我們該怎麼反擊呢？」

路易轉頭望向他。

「請通知蜘蛛女人馬上到外頭結網，全面覆蓋整座餐廳、庭園、料理室、走廊、水溝等地，每一處角落都不能忽略，要讓蜜蜂們困在蜘蛛網。」

團員們點點頭，明白路易的指揮，一名團員在收下指令後隨即動身前往通知蜘蛛女人，另一名團員則是朝路易說道：

「但布下蜘蛛網真的足夠抵擋他們嗎？蜜蜂數量可是難以計數的。」

「我們當然也要實行地面攻擊。」

路易理所當然地回應，接續說道：

「去飼養室將雞蛋們放出來，無須留下備用的雞蛋，一概放出室外，我們要啟動雞蛋時間。」

路易看著那位團員前往飼養室的身影，轉頭朝最後一位團員說道：

「請向管理人莫里波夫人轉達狀況，並請她喚醒所有職員，宣布進入全員緊急狀態，然後也請她派員維護哈頓大人的安全。」

當最後一位團員離開後，路易看著西洛。

「請跟我來，你是餐廳最前線的防禦軍。」

路易帶著西洛離開，當經過希亞時，他對希亞說道：

「這就是我們所能準備的一切了，請妳也準備迎戰，蜜蜂飛到這裡所需的時間並不多。」

望著路易與跟在他身後的西洛匆忙離開的背影，希亞也趕緊跑回地下室，路易已經吩咐莫里波夫人叫醒妖怪，那麼酒鬼也會很快就醒來了，心想至此，希亞加快腳步跑下階梯。

她站在地下室的門前，嘎吱一聲推開門，門後熟悉的臭味撲鼻而來，希亞走進漆黑的地下室，雖然不是個足以讓人懷念的地方，卻有種久違的感受。

地下室裡，雅歌捲起那身有著大粉紅色蝴蝶結的洋裝衣袖，攪拌著鍋裡青綠色的滾燙汁液，嘴裡嘻嘻竊笑，鍋子一旁果不其然擺放著布禮草。當雅歌發現希亞回來時，嘴角的笑瞬間消失。

「煩死人的鴿子找上門了啊。」

站在雅歌前面的裘德隨即轉頭望向希亞，與裘德對望的瞬間，希亞感到心亂如麻，她壓抑著複雜的心情走向雅歌。

「雅歌，原來妳騙了我。」

希亞瞪著雅歌巨大的臉龐，低聲說道：

「無論是要我說服夏茲幫助我，或是催促我去女王的城堡救他，都是為了透過水晶球偷看夏茲告訴我布禮草的下落……」

「妳這頭臭鴿子！」

雅歌大喊一聲打斷希亞，她那巨大的眼球怒瞪著希亞，提高音量問道：

「難道妳認為我是出於善意才幫助妳的嗎？」

雅歌不懷好意的笑聲迴湯整座地下室，她那血盆大口噴灑口水，接續說道：

「我的確是利用你們找回我的東西，因為只有人類才能拿回布禮草，我才將裘德放在身邊，但沒想到那頭笨鴿沒辦法說服夏茲，也是啦，這傢伙不是這種人。」

雅歌以粗魯的手勢大力攪動鍋中的液體。

「老實說我一開始對妳沒有懷抱什麼期待！結果當我一步一步幫助妳時，妳竟然融化那個如冰一般的少年，多虧妳我才能找回我的寶物一號。」

雅歌即使邊講話也專心攪拌著鍋中神秘的滾燙液體，不久後她放下鍋勺，喃喃自語。

「終於快完成了。」

雅歌不讓希亞有插話的空檔，瞬間就將布禮草投入鍋中。

「裘德，我把布禮草放進解酒藥了，你拿去給酒鬼喝，他雖然一定在睡覺，但你一定要叫醒他，或是等他起來，然後盯著他將整罐藥水都喝完。」

雅歌一邊說話，一邊用鍋勺自鍋中舀起色澤熟悉的液體。那是希亞第一天來餐廳時，派送給酒鬼的解酒藥，裘德看著雅歌將冒著煙霧的藥水放涼的模樣問道：

「妳不是在製作能把我變成妖怪的藥水嗎？妳不是答應我，如果我成功把布禮草拿回來，就要把我變成妖怪。」

「得要你確認酒鬼喝完藥水，我才會把你變成該死的妖怪！」

雅歌那張寬大又通紅的臉龐上的鼻孔噴發著氣，響徹在地下室的高喊聲雖讓裘德受到驚嚇，但固執的他卻不為所動，雅歌和裘德兩人互瞪著彼此，誰也不讓誰。

「妳似乎沒有透過水晶球好好看到最後。」

希亞出聲打破沉默。

「現在拿著布禮草出去很危險，女王正率領士兵前來餐廳。」

雅歌和裘德一同望向希亞。

此時，雅歌右方的天花板，突然傳來一陣敲門聲，希亞睜大眼睛不明所以，但是雅歌與裘德卻顯得相當稀鬆平常。下一刻，牆壁的縫隙間傳來熟悉的聲音。

「這裡是管理人莫里波，該死的，緊急狀況發生，請所有人盡速起床準備。」

莫里波夫人生硬的聲音在安靜的地下室裡響起，無論是希亞、雅歌還是裘德，沒有人開口發言，全都靜靜聽著莫里波夫人的廣播。

莫里波夫人夾雜著些許辱罵，複誦了路易在庭園裡說的內容。女王正率領士兵飛來、發動雞蛋時間、編織蜘蛛網、派人保護哈頓等等。希亞聽著已知的內容，觀察起雅歌和袞德的反應，袞德擺出恐慌的神情，雅歌則是一臉兇惡地端詳著水晶球，莫里波夫人在簡短的指令和陣陣咒罵後，說完廣播的最後一句話。

「請全體員工離開室內，盡力守護餐廳。」

廣播聲結束後，地下室再度被沉默包圍，袞德呆愣在地，雅歌則是緊盯著水晶球，沉重的氣氛使得漆黑的地下室更加沉悶壓抑。

不久後，雅歌將解酒藥遞給袞德，動了動那雙如香腸般厚實的嘴唇說道：

「袞德，快一點，士兵們快來了，趕緊搶在他們來臨之前……」

不過袞德卻大聲地打斷雅歌。

「我才不要，我這樣不是會死嗎！人類一被他們攻擊馬上就會死亡，妳趕快先把我變成妖怪，這樣一來，就算被攻擊也有可能活下來。」

袞德臉色發白地胡言亂語，焦急地哀求雅歌，雖然希亞曾看過他害怕的樣子，但渾身發抖，乞求雅歌將自己變成妖怪的模樣，陌生得像是另一個截然不同的人。

希亞心頭一沉，她好想伸出手握緊袞德的雙手。

「吵死了！你再不趕快送藥過去，不管是妖怪還是什麼黃豆、綠豆，都別想求我替你完成願望！你趕緊在士兵們過來前出發！」

雅歌撕開喉嚨大喊，響亮的聲音震盪整間地下室，她噴著氣，憤怒地瞪著裘德，雅歌的模樣像是下一秒就會引爆地下室般整個人暴跳如雷，裘德與希亞見狀根本不敢輕舉妄動。

雅歌瞪大雙眼，將藥拿給裘德，毫無抵抗之力的裘德接下藥水，他下定決心似的動身離開，裘德心知肚明，若是想趕在士兵們抵達前將藥水交給酒鬼，就必須馬上出發才行。希亞望著他迅速離開的身影，毫不猶豫地跟上前去，她不知道是為了布禮草還是因為裘德，希亞感到思緒一片混亂，她不知道究竟該怎麼做才對。

只是看到裘德拿著藥跑向酒之房的背影，她不由自主地就跟了過去。

44

決戰之日

外頭一片雜亂無章，許多妖怪們聚集在一起議論紛紛，大家抬頭望著蔚藍的天空猜測蜜蜂們什麼時候要現身。

希亞推開擠在一群的妖怪，跑上翡翠色的階梯，追尋著裘德的背影。裘德很快地就領先了希亞一整座岔路才能抵達的距離，希亞知道自己的速度遠遠比不上他，但她還是奮不顧身緊追著裘德。

剎那間，一陣轟雷巨響傳來。希亞朝聲音的來處望去，只見雞蛋們萬頭攢動，自階梯間傾瀉而下，希亞四處張望，只見雞蛋們吵吵鬧鬧地蜂擁而上，看來雞蛋時間開始了。

四周頓時陷入前所未有的混亂，當希亞抬頭想找尋裘德時，她呆怔在原地，因為裘德的正上方，有一群蜜蜂聚集成烏雲般朝他靠近，回過神來，蜂群早已填滿了天空，看見成千上萬隻蜜蜂聚集在頭上的景象使人瞠目結舌，身體無法動彈，心跳如鼓聲敲擊著警示聲響。

一群蜜蜂朝著希亞的所在位置飛來，數億道目光如箭矢般射向她，他們逐步逼近，雖然希亞已經不再奔跑，呼吸卻愈來愈急促。

一道銀白焰火忽地包圍希亞，聚集而上的蜂群瞬間被大火燒死，灰燼如雨在空中飄散，希亞轉頭望向火舌的來處，西洛正吐著火消滅那些朝向自己和袞德而來的蜂群。

希亞感覺心跳加速，手心全是汗水，蜂群如龍捲風般正朝拿著藥水的袞德席捲而去，她瞬間清醒，拔腿奔向袞德的所在地，她已經管不著腳下因為被踩到而放聲尖叫的雞蛋們。

「袞德！小心！」

袞德一聽希亞的吶喊，隨即望向天空，他就這樣呆站在原地。剎那間，銳利的毒針如大雨般傾倒在袞德的上方，眼前難以置信的光景使希亞腦袋一片空白，她停下腳步，望著袞德的方向。

「不行、不行，不可以！」

希亞放聲大喊。

湧上的蜂群被西洛的火焰燒成一團團灰燼，但為數眾多的蜂群還是朝向袞德射出毒針，火焰即使阻擋了部分的攻擊，但遠遠不敵蜂群壓倒性的數量。西洛發狂似的噴吐著火焰，同時不可計數的蜂群也朝著西洛而去。

「袞德！」

希亞激動大喊，未被火焰吞噬的毒針仍舊往裘德飛去，西洛聽見希亞的高喊轉過頭一看，巨大的龍再次向蜂群噴出火焰，並迅速用身子覆蓋裘德。

希亞不敢置信眼前所發生的一切，她覺得整個世界天旋地轉，明明嘴上不停吶喊，耳朵卻聽不見任何聲響，彷彿遺失所有感知，唯有耳鳴嗡嗡作響。

希亞拔腿衝向昏倒在地的西洛，她感受到腳邊雞蛋破碎的聲音，雞蛋們抱怨的聲音猶如細小的噪音，隱隱約約地發出。她宛如失去視覺與聽覺，妖怪島上混亂的聲響也隨之模糊不清，希亞視線緊盯著一個方向而去，西洛癱倒之地，他的全身插滿毒針。

蜜蜂包圍他們，並奪去裘德手裡的藥水，但希亞沒有餘力在乎士兵們手上的那樣東西。

「西洛，醒醒啊！」

來到西洛身邊的希亞高聲吶喊，她來到西洛的面前，只見他緊閉雙眼，鼻間已經了無氣息，龐大的身軀更是一動也不動。

——不可能的。

希亞亟欲甩開那個想法，拍打西洛的臉頰，說不定他只是短暫昏厥過去罷了，希亞一遍又一遍呼喊西洛的名字，但是西洛仍然沒有回應。

好不容易站起身的裘德，意識到是西洛壓在自己身上時，整個人愕然不已，他呆望著西洛，而希亞則是著急地左顧右盼。

——說不定有地方可以幫忙，雅歌不是擁有治療好將死之人的能力嗎？

不過放眼望去，有的妖怪與蜜蜂們四處纏鬥、有的妖怪落荒而逃，更有妖怪已經奄奄一息。

希亞站起身，雙腿仍在發顫，她像一座提線木偶，使勁抬起無力的雙腿，往前奔去，西洛正在漸漸死去，地下室說不定有能治療他的藥，希亞加緊腳步奔下樓梯。

女王悠閒地看著手下們湧入餐廳，蜜蜂們如葉片般吊掛在蜘蛛網上頭，雞蛋們擠滿各個角落，蛋殼碎得滿地皆是，還有蜜蜂群流淌著鮮血，垂死掙扎，整座妖怪島屍橫遍野。

「會在哪裡呢？」

女王乏味地轉動眼珠，喃喃自語。她在這片腥風血雨之間，猶如揮舞畫筆般緩緩地挑動雙手，早晨的空氣格外涼爽，女王享受著散步時光，怡然自得地走著。

一群士兵們自幾棵樹不遠的前方，氣喘吁吁地穿過翡翠色的階梯而來，他們低下頭來到女王的膝邊，遞出女王找尋的物品。那鮮紅的嘴唇隨即展開笑容，枯燥的眼神瞬間發出陰森駭人的光鋒，女王萬般珍惜地端詳手中的藥水，舌頭在帶笑的唇齒間滑動，玩味地看著那瓶藥水。

「站住！」

一陣轟天巨響傳來，當女王轉頭過去時，一團火球直直衝向她，雖然女王快速閃避攻擊，但她身邊的士兵瞬間被燒死在原地，女王厭煩地嘆了口氣，望向火球的來處，濃煙如雲霧般籠罩前方，雅歌瞪大雙眼，怒視前方，氣沖沖地闊步穿越如薄紗般的煙霧。

女王發現雅歌迎面而來時，表情逐漸僵硬，那道無神的雙眼瞬間產生憎恨、忌妒、憧憬等等複雜的情緒，雅歌揹起破舊的大背包，雙手全是藥水，走至女王的面前，雅歌面目猙獰地瞪著女王，大聲高喊。

「把我的東西還來，妳這個該死的小偷！」

女王收起眼神裡的錯綜複雜的情緒，改以冷酷的表情斜睨雅歌，她徐徐開口。

「妳總是如此貪心，明明擁有了一切，卻渴望擁有更多，不願分享，更經不起被搶走的恥辱。」

女王打量雅歌，語帶嘲諷地說：

「妳難道還不明白就是因為這副貪婪的德性，讓妳被困在此地嗎？」

女王與雅歌各自用厭惡的眼神怒視對方，雅歌盯著女王說道：

「當時真不應該接受妳這種呆瓜的委託。」

聽見雅歌這樣說道，女王原先冷酷僵硬的嘴角緩緩上揚。

「少騙人了。」

女王以勾人的口吻繼續說道：

「要是如此，妳的愛人現在就會在我的懷裡了。」

女王的話似乎徹底惹怒雅歌，她的雙頰漲紅，渾身發抖，她猛然伸出雙手，將炸藥一股腦地往女王的方向去，當場火花四濺，燃燒到沸騰的憤怒也隨之爆發，雅歌放聲高喊。

「妳不是一點也不愛他嗎！」

五顏六色的煙火在空中展開，像場煙火盛會，火花的殘影很快就消失，煙霧散去後，女王的表情逐漸清晰，她以鄙視的目光瞪著雅歌。

「我不愛他？」

女王激動大叫，她隨即自禮服裡掏出一樣東西，見到那樣物品的雅歌馬上呆愣在原地。

女王低聲說道：

「如果我不愛，那我為什麼一直將它帶在身邊？」

那是好久好久以前，雅歌叫她必須丟在海裡的情感之一，那份女王並未丟棄的情感，無論歷經了多長的歲月與磨練，仍舊散發美麗的光芒。

女王望著雅歌說道：

「妳深怕心愛的男子會被搶走，因此擅自將他關在餐廳，不是嗎？」

女王的低語似乎擊中心底深處，雅歌的眼神出現晃動，難以名狀的情緒如龍捲風扭曲了雅歌的表情。

雅歌一邊朝女王丟出炸藥，一邊喊出怪聲，女王閃避迎面的炸藥，拔出長槍奔向雅歌，絢麗的煙花包圍起兩個女人，熊熊燃燒著刺眼的火光。

此時，希亞沿著階梯往地下室飛奔而去，剛才來不及看見的殘忍光景開始映入眼簾。階梯邊的欄杆、庭園的樹木、料理室的屋頂邊，遍布四處的蜘蛛網上沾黏了許多蜜蜂，他們有些早已失去力氣，有些仍然奮力振翅，亟欲掙扎，卻愈來愈深陷蜘蛛網的深處，希亞每當來到一個轉角，都會被蜘蛛網上的蜜蜂嚇得驚聲尖叫。

占據階梯的雞蛋絆住士兵的腳，喧騰不休地進行妨礙作戰，雖然大部分的雞蛋看到希亞會自動讓出一條道路，但還是有許多雞蛋因為太過激動，將希亞誤認為敵方，一路上對她死纏爛打。

希亞極力躲避蜘蛛網與雞蛋的糾纏，不斷往下而去。妖怪們個個出來外頭抵抗蜜蜂的入侵，濃湯之房的大叔在希亞經過的路口上頭，來回擺盪在樹木與屋頂之間與蜜蜂們激戰，而在希亞走至一半時，差點與正在伸展手臂的麵粉之屋淘氣怪撞個正著。

當她好不容易閃避眼前的障礙物時，發現不遠處雅歌和女王正在廝殺，當她看得出神之際，突然有一群士兵們衝向希亞，慌張的希亞趕緊找尋四周能用來當作武器的物品，但放眼望去卻一無所獲。

眼見士兵們已經高舉手臂，衝向自己，希亞緊緊閉上雙眼。

——嗯？

耳邊傳來猛獸咆哮的聲音，希亞睜開雙眼，那頭眼熟的怪獸以鋒利的尖牙與猛爪撕咬著蜂擁而上的士兵，希亞在後方凝視著這頭與蜜蜂們纏鬥的獸，她曾經看過這頭獸，隨即認出對方是誰。

「姊姊！」

莉迪亞清亮的聲音傳來，變成怪獸的莉迪亞將癱軟的士兵甩在地上，跑向希亞身邊。

「因為姊姊毀掉了媽媽的皇冠，我現在就算變成妖怪也能自由操控能力了。」

希亞相當開心能與莉迪亞再次相遇，高喊她的名字。

「莉迪亞！妳不是去找姊姊們了嗎？」

聽到希亞如此一問，莉迪亞轉頭望向某處，希亞沿著莉迪亞視線的彼方一望，看見一群怪獸正朝著餐廳而來，那是其他的公主們。

「我跟姊姊們下定決心，要與媽媽的士兵們對抗，奪回我們的翅膀與毒針。」

莉迪亞語帶堅定，希亞點了點頭，對她露出笑容。

此時，階梯下方傳來尖叫聲，正在追趕吵夫人與鬧夫人的蜜蜂們，在一瞬間就被公主們消滅乾淨。

「這些傢伙，嚐嚐熱茶的味道！」

鬧夫人一邊尖叫，一邊往掙扎的蜜蜂倒下滾燙的茶水，變成怪獸的公主們成為餐廳重要的兵力，原本妖怪們面對龐大數量的蜜蜂已經陷入苦戰狀態，公主們加入後，逐漸開始逆轉情勢。

莉迪亞開口催促著還在左顧右盼的希亞。

「姊姊，妳不是有趕著要去的地方嗎？我送妳過去。」

希亞在莉迪亞的幫助下很快就抵達了地下室，當士兵們想攻擊希亞時，莉迪亞就會猛撲上前，用銳利的爪子和尖牙啃咬他們。

很快地他們抵達了通往地下室的老舊木製階梯前。

「莉迪亞，從這裡開始我自己走就行了。」

希亞轉身朝莉迪亞說道：

「真的很謝謝妳，希望妳也能拿回屬於自己的東西。」

希亞緊緊抱住莉迪亞。

「謝謝姊姊，全靠姊姊的幫助，我們才能自由。」

莉迪亞笑著回答。

兩人彼此勉勵，同時為了各自的目標轉身而去。

希亞邁步踏入通往地下室的昏暗階梯，低矮的天花板上有幾隻蜜蜂附著在蜘蛛網上，希亞低下身子，迴避蜘蛛網，走下那座每踏一階就會嘎吱作響的階梯。當希亞打開門時，差點叫破喉嚨，有兩名士兵垂掛在地下室門口的上方，一名還不死心地拍打翅膀，希亞閃避他們，走向雅歌放置藏書與藥品的地方。

希亞翻動那些寫著未知文字的書本和散發奇怪味道的藥水，不可能沒有被蜜蜂螫到時的應急藥物。

「一定要有、一定要有啊。」

希亞著急地喃喃自語，用顫抖不已的手找尋解藥。

陣陣巨響自裘德房間外頭的陽台傳來。有碰撞聲、悲鳴聲、拔刀相向的聲音，各種駭人的聲響扭曲成團鑽進地下室，希亞緊張萬分，她翻動書櫃與藥品的手抖得更加厲害。

碰，一聲沉悶的撞擊聲響起，同時也重擊希亞的大腦。

——陽台的門有關嗎？

在書本間慌亂的手停了下來，希亞呆愣在原地，四周一陣寂靜，她好像再也聽不見外頭交戰的聲音。怦咚、怦咚、怦咚，唯有心臟聲在耳膜邊敲擊。難道是結束了嗎？所以才突然毫無聲響嗎？要不然鬧哄哄的戰場不可能突然安靜下來。

希亞像是被吸引般，不自覺地走向裘德的房間，他的房間如記憶中一樣乾淨整齊，沒有任何人闖入的痕跡。

希亞緩緩走向遮蓋陽台的窗簾邊，然後小心翼翼地伸出手。微風輕撫過窗簾，她的手心滲出汗水，陽台的門是開著的。風兒輕輕晃動窗簾，希亞慢慢拉開窗簾，甚至屏住呼吸。

「妳好。」

乘著涼爽微風來臨的，是那名拍動烏黑翅膀騰躍在空中的少年，希亞沒有多說一句話，僅是望著他。

希亞凝望著夏茲好一陣子，就像第一次見面的那天，兩人也是隔著窗簾對望，他們對望的眼神裡融入許多複雜的情感，兩人用眼神確認對方依然活著，相互凝視對方的眼眸。

希亞仔細察看他的臉頰，不知因為什麼理由，夏茲戴著女王丟到雪地間的皇冠，雖然在華麗皇冠下的黑色髮絲有些凌亂，但他那身白皙的皮膚上沒有任何傷口，表情也沒有痛苦的神色，看來沒有受到傷害。

但當希亞將視線放到他的身後時，她瞬間兩眼發直，不敢置信那片庭園已被染上整片的鮮紅，四處可見士兵的屍體，花田間、樹枝上、欄杆之下，屍體如落葉般堆積成山，希亞這才知道為什麼外頭聲音瞬間止息的原因。

夏茲舉起被欄杆擋住的手時，希亞這才看到他的雙手全是鮮血，希亞再次將目光移至他的臉龐，他彷彿就像剛用完早餐般神態從容，他輕柔地開口說道：

「妳在這裡做什麼？」

「我在找藥，西洛被蜜蜂攻擊了。」

希亞等待著夏茲的反應，說不定夏茲知道該如何治療西洛，但他的反應卻不如希亞所期盼，他語帶惋惜說道：

「很遺憾，被蜜蜂螫到將難逃一死，毒針裡的毒會瞬間擴散至全身，沒有任何搶救的餘地。」

夏茲的話宛如宣告死刑，重壓希亞的心頭，夏茲察覺自己的話對於希亞來說太過冷血，他改以柔和的方式安慰希亞。

「發生的事已經無法改變了，把握眼前還能改變的事實比較重要。」

希亞以嚴肅的表情望著夏茲，他點點頭，直白坦言。

「我承認，在雪山裡的事是我的錯。」

他看著希亞說道：

「不過這次我會扳回一城。」

希亞平撫著複雜又錯亂的心情，專心聽著夏茲的話語。根據夏茲所說，現在希亞對於西洛的傷勢已經無能為力，即便她剛才已翻找過雅歌的書籍和藥品，也是一無所獲。

——接受吧。

內心深處的一道聲音響起。

——其實看到西洛的瞬間就知道沒救了，不是嗎？

但她難以接受這份沉重的事實，她沉澱內心的悲傷，將注意力放在夏茲身上。

「女王要是沒有拿回布禮草，是不會收回攻擊令的。」

夏茲像是解釋著單純的數學公式般，簡白地對希亞說道：

「若是要讓這件事確實劃下句點，必須奪去女王的性命。」

聽見夏茲如此說道，希亞無法不留意他的神情，希亞清楚記得在雪山上發生的一切。

「可是你……」

希亞艱難地開口，正躊躇該如何措辭時，夏茲像是看穿希亞的心思，隨即開口回答。

「我沒辦法殺死女王。」

夏茲的聲音夾雜著失落與絕望，希亞記得他掐住老嫗時的那雙眼神，那並不是只有憤怒，雖然充滿憎恨，卻同時帶有愛慕，因此他與女王的關係才格外地殘忍痛苦又難分難捨。

夏茲望著希亞，他凝望希亞眼裡的最深處，希亞明白夏茲想傳達的意思，她的胸口微微起伏，夏茲低聲說道：

「但是妳下得了手。」

「雅歌和女王正在交戰。」

聽見夏茲的那番話，希亞搖頭提出否決，但夏茲沒有改變想法。

「不能讓雅歌殺死女王，這樣布禮草會落到雅歌的手上。」

希亞咀嚼著雅歌想奪回布禮草的理由，覺得好像忽略了什麼重要的事物，突然一道直覺如羽毛般撫過心田，夏茲的聲音像吹進原野的微風。

「妳知道女王的弱點是什麼嗎？」

好像以前也聽過類似的問題，她想起夏茲曾說過關於弱點的故事，那天他們也像這樣在陽台間相望。夏茲以等待的神情望著希亞。記憶如跳電的燈泡閃爍，希亞仔細回想，似乎是關於失火的故事，當她想起關鍵字時，一連串的記憶紛紛浮現。

——從大火裡救出珍貴之人，結果被活活燒死的事吧。

希亞望著夏茲的雙眼，那天他對希亞所說的話開始鮮明起來。

「這樣不是很可笑？人們為了守護珍貴的東西，使自己被活活燒死。」

當時夏茲冷酷地說：

「若是對某物產生情感，那即是你的弱點。」

女王的弱點……希亞的大腦快速地運轉中，其實無須多長的時間，很快就找到了答案。

希亞直視將身子靠在欄杆上的夏茲，開口說道：

「我必須去一趟酒之房了。」

夏茲露出燦爛的笑容。

「來吧，我帶妳去。」

夏茲飛到雲朵上層，躲避士兵的干擾，希亞在夏茲的懷中，握緊他的衣角，撐過如海浪般拍打上來的陣風。

這是個熟悉的過程卻顯得幾分陌生，希亞的心情有些微妙。他們第一次在陽台上相遇的那天，希亞被夏茲拽著肩膀，以高速飛往空中，在度過這些大大小小的事件後，奇怪的是希亞如今在他的懷裡竟然感到一絲安穩，她難以言喻這股奇妙的差距。

希亞望向夏茲，他淡然地望著前方，夏茲也想起了那天的事嗎？希亞不禁感到好奇。夏茲很快就俯衝到雲層下方，快速降落，希亞在夏茲的臂膀內閉上眼睛，放鬆身體，感覺到持續墜落的速度感，但她沒有害怕或恐懼，當她睜開眼時，已經來到了酒之房。

女王享受著庭園裡香氣四溢的芬芳，欣賞眼前的壯觀景致。庭園四處綻放鮮紅色澤，既美麗又致命。樹幹的枝椏、花園、草木，和失去氣息的屍體散落一地，花草樹木們伸出根莖吸食著流瀉而出的血液。

恣意欣賞四方的女王將視線轉往某一處，那是被士兵們團團包圍的雅歌，士兵們死命壓制頑強抵抗的雅歌，等待著女王的一聲令下，但只見女王搖搖頭。

「別殺掉她。」

女王彎下腰，凝視雅歌。

「妳得眼睜睜看著我搶走妳的東西才行。」

雅歌怒瞪女王，大聲咒罵她。

女王像是身處在另一個世界，以怡然自得的神情哼唱著歌，美妙輕柔的旋律，跳躍在早晨爽朗的香氣飄散於空，女王掛上喜悅的表情，手裡握著布禮草的藥水。

哼著歌曲，在庭園裡悠閒散步的女王，瞬間表情僵硬，那首悠揚的曲子也戛然而止，察覺到女王異樣的雅歌也停止吼叫，沿著女王的視線望去。

酒鬼走了過來，他輕輕呼喊女王的名字，女王不發一語，生硬的唇齒發不出任何聲音，要不是那雙眼神流露出巨大的衝擊與驚愕，否則女王動也不動的模樣就跟雕像一樣。

酒鬼走向女王，開口說道：

「好久不見。」

女王如同看見幽靈般直愣在原地，四周一片靜默。

就在下一秒，女王舉起拿著藥水的那隻手，將身子側向一邊，一切都在轉瞬間發生，女王別過頭望向希亞，憤恨地說：

「妳想趁我分心時，偷偷搶走布禮茛吧？」

女王用手指輕撫摸藥水瓶身，大聲高喊。

「人類的想法就是如此卑鄙又短淺。」

女王迅速抽出長槍，瞄準希亞，長槍尖銳的盡頭發出閃光，折射在希亞的身上，希亞緊張地用發顫的手掏出匕首，她感覺到心臟大力跳動，女王瞥了一眼希亞的武器後嗤之以鼻，希亞手裡拿著的是夏茲的匕首。

女王手持長槍，朝希亞而去，希亞下意識地躲避攻擊。女王看穿希亞的動作，轉動長槍的劍矢，狠狠朝希亞的脖子刺去，這一擊必死無疑。希亞瞬間低下頭，驚險閃過長槍的攻勢，她感覺到自己的後頸冒出汗水，也知道自己毫無勝算，只能用盡全力逃過女王敏捷的攻擊。

酒鬼在女王的一旁靜靜地站著，希亞側身閃避長槍，伸出匕首，然而胡亂刺中空氣的匕首根本傷不了女王。不過希亞的目標並非女王，她躲避女王猛烈的攻擊，以假動作將匕首刺向酒鬼。

「不可以。」

原本以不甚在乎的態度攻擊希亞的女王，發出急切的驚呼，希亞沒有停下動作，女王著急地抱住酒鬼，刺穿身體的觸感透過匕首的末端傳至指尖，不寒而慄的感受使希亞雙手無力，那道刺穿皮膚，直達臟器深處的感知鮮明不已。

——早知道就閉上雙眼。

已經來不及後悔了，匕首刺入女王的過程直接在眼前發生，因衝擊而放大的瞳孔隨著血液的擴散，慢慢成為懊悔，最後化為現實的恐懼，希亞的嘴如同發出驚吼般大大地張開。

希亞再也承受不住洶湧而上的情緒，手中的匕首應聲掉落，女王倒臥在翠綠的草皮上，女王望向酒鬼方才所站的位置，自嘴裡迸出咒罵聲。原先的酒鬼消失無蹤，只剩女王的皇冠在地上閃閃發光。

龐大的罪惡感如浪潮般吞噬希亞，希亞低頭望著女王，開口說道：

「當我去酒之房時，他已經死了，死在妳的士兵們的手下。」

雅歌的嘲諷聲自一旁傳來。

希亞感覺全身上下的關節錯位、精神恍惚，腦袋一片茫然。但是希亞想活下來，腦海浮現那個為了生存所痛下的決定。

——得去找哈頓才行。

希亞拾起女王手中的藥水，用顫抖的雙腿艱困地站起身，她感覺自己行走在充滿恐懼和驚慌的噩夢裡，喪失五感，什麼也感覺不到。

忽地，一道聲音自希亞的身後傳來。

「希亞！」

有人呼喊著自己的名字衝過來，她尚未來得及反應就被推倒在草地上。當她再度抬起頭時，只見袞德倒在自己的身邊，她驚恐得無法思考，袞德的右肩插著一根毒針，另一邊只剩一口氣的女王看著希亞咯咯笑起，而她背下的毒針已經消失。

希亞說不出話，她用顫抖的手扶起袞德的臉龐，袞德渾身是血，她強迫自己望著袞德逐漸失去亮光的瞳孔，希亞的視線被淚水填滿，隱約之間看見袞德輕輕以唇語默唸。

「對不起。」

45

女王的死亡

女王性命垂危的消息使戰況出現巨大變化，原本大肆破壞餐廳的士兵們，猶如集體自催眠中甦醒般，大力振翅，他們一齊向上而去，撼動整座天空，龐大的蜂群填滿穹蒼的每個角落。

妖怪們馬上就明白他們突然改變態度的原因，公主們也轉往朝向女王所在之處。女王倚靠在古銅色樹幹前，傷口處淌出殷紅之血，染紅潔白的婚紗。庭園內的花草樹木聞到血腥味，紛紛來到女王身邊紮根吸食。

女王用低垂的眼神，眷戀似的環顧周遭，效忠女王而上戰場的士兵們陸續飛離餐廳，而公主們在不遠之處，望著自己的母親。

女王暗自笑了，這一切乏味得令人發笑，數百年來透過血戰而締造的光榮之位，僅因為自己的一時衝動就毀於一旦，甚至還要成為庭園的一部分死去，女王相當不滿意這樣的結局，但她沒有力氣表達抗拒，整件婚紗被鮮血浸透，悶不透氣，女王希望所剩不多的時間趕緊結束。

猶如找到泉源的動物般，花草樹木匯聚一地，女王安然地坐在其中。餐廳遍布如落葉般堆積的屍體，以及存活下來的妖怪，但唯有此處如同隔出一條看不見的界線，空蕩無比。

夏茲一步步將落葉踩在腳下，越過界線，他來到那名是仇人、是母親也是新娘的女王身邊，雙眼凝視著她。女王直到生命的最後一刻還是保持君主的風範，即便渾身止不住顫抖，卻能聽見女王強忍呻吟的吞嚥聲。夏茲望向女王，失去焦點的瞳孔也回望著夏茲。

幾乎僵硬的嘴唇間，低聲吐出冰冷的聲音。

「別說那種要原諒我的話。」

夏茲靜靜地俯視女王，那雙望著失去光彩的眼，格外平淡。

「我不會的。」

夏茲的語氣如嘆氣般淡然，他走向女王一側，拾起掉落在草皮上的皇冠，將其戴在女王的頭上。

「我會忘記這一切，好好活下去。」

皇冠在一襲鮮紅婚紗上顯得燦爛無比，女王的嘴角露出滿足的微笑，嚥下最後一口氣。

蜜蜂們飛離的天空再次恢復一片蔚藍，花兒絢麗盛開，角落間存活下來的雞蛋們笑得如鳥啼般清亮，死亡猶如只是日常中微不足道的一件小事，妖怪島又恢復一貫的美麗恬靜的樣貌。

輕柔貼上鼻尖的花香，讓一切彷彿變成一場鬧劇，希亞不禁乾笑了幾聲，她不知道自己流了多少的眼淚，當回過神時，她失落地望著裘德，即便知道已經無法挽回，還是捧著他的臉龐。

有道腳步聲踏著草皮而來，雖然知道那道腳步聲停在自己的身邊，但希亞不想離開懷中的那雙眼眸。一陣沉默之後，希亞明白對方正來回望著自己與裘德，在無聲中以眼神明白了一切。

「一切都結束了，請給我藥水，我將轉交給哈頓大人。」

路易伸出手告訴希亞。聽到這番話希亞同時感到解脫與空虛，結束兩字靜靜在腦裡迴響，眼前的發展與曾經想像過的結局截然不同。

希亞最後一次凝視著那道回望自己的雙眼，她將裘德的眼神刻印在腦海，舉起手輕輕覆蓋他的眼皮。

「不。」

希亞抬起頭，直視路易。

「我要親自拿去給他。」

路易望向希亞的雙眼，徐徐開口。

「請跟我來。」

希亞一手握著藥水站起身，順從地跟上路易的腳步。

當他們走出建築物時，妖怪們將蜘蛛網與蛋殼裝在一塊，像整理聖誕樹的裝飾物般一起丟棄，然後將屍體們搬運至庭園。為了飲血而聚集的草木們把樹根化為棉被，將屍體自然而然地化為庭園的一部分。

鮮紅、嫩黃、水藍、翠綠，長至希亞腰間高度的花兒們形成一道道色彩繽紛的海浪，讓人眼花撩亂，遮蓋了如紅綠燈般閃爍的橘紅色燈光，櫻花花瓣如雪花飄散，甜美的香氣撲鼻而來。彷彿極力想忘卻傷痕累累的戰爭，庭園比起任何時刻都要來得華麗動人。

希亞步下翡翠色的階梯，跑向庭園，但她不能被美麗的光景迷惑，不停找尋那個人，當她在如落葉堆疊起的屍體裡發現熟悉的面孔時，停下了腳步與之對望。

希亞看到雅歌站在酒鬼的屍體前，她裝作沒看到轉身離開。

「妳把布禮草交給哈頓了？」

希亞聽見雅歌的呼喊而停在原地，希亞沒有開口說話，她以為雅歌會大呼小叫，但她竟然只是嘆了一口沉重的氣息。

「隨便妳要丟掉還是想怎麼做，如今那對我已經一無是處了。」

希亞望向躺在雅歌一旁的酒鬼，他如同在酒之房裡的模樣，帶著通紅的雙頰，癱軟在地。

「哈頓服用完布禮草了。」

希亞平靜地說，雅歌不再開口說話，希亞越過雅歌，繼續往前而去。

飄散的櫻花如窗簾般遮蔽視線，希亞抗拒這讓大腦發暈的香氣，不斷四處張望，過多的櫻花花瓣使得前進也有些困難，難道會就這樣錯過嗎？希亞的心臟不安地跳動，希亞使勁搖搖頭，在內心默唸那個無法喊出聲的名字。

下一刻，四處搜索的視線停留在一道方向，像是在迷途中找到指標般，希亞忍住哭泣望著他，在毫無縫隙的櫻花花瓣之間，希亞凝望著他。

「湯姆。」

確切來說是化身為裘德的湯姆。

「你真的是惡魔呢。」

希亞直到現在才體會到為什麼大家尊崇湯姆為惡魔而不是神。那頭淺褐色的髮絲在風中飄揚，溫柔的褐色雙眼洋溢著笑。

「希亞。」

當他笑著喊出希亞的名字時，希亞差點跌坐在地，他那開玩笑時，刻意拉長最後音節的習慣、那道帶有笑意的聲線、調皮作怪的表情，全身上下的細節都與裘德如出一轍。

希亞像是被釘在原地般無法動彈，她沒辦法往前靠近一步，但湯姆竟然還揚起希亞最熟悉的笑容緩緩走過來，希亞差點開口叫他裘德。

「妳怎麼這樣說。」

湯姆用低沉的聲音說道，熟悉的場景使得希亞的心怦怦跳著，湯姆用反過來指責的語氣問希亞，希亞覺得頭皮發麻。

「妳不也用我給你的禮物欺瞞了女王，奪走她的生命嗎？」

那是裘德在雪山裡遇見希亞時的冷淡表情與語調，恐怖的相似程度使希亞備感折磨，雖然她想撇過頭，但卻無法狠心將視線轉移，那股思念與痛苦在內心深處相互衝突，此時，耳裡傳來湯姆的真實笑聲。

「別害怕，我是來幫妳的。」

他安慰希亞，溫柔地說道：

「你們人類真的好有趣，幾個人就可以上演好好玩的戲碼，不過妳是當中最聰明的人。」

湯姆最後的那句話刺中希亞的心頭，湯姆隨即若無其事地展開笑容，伸出手指向某處。

「他在那裡，與朋友躺在一起。」

希亞轉向他所指的方向，但是沒有馬上移動身子，她再次回頭望著湯姆。

「裘德說他在這裡待得太久，久到忘記人類的世界了。」

希亞開口。

「那麼假使我回去的話，我也會忘記這裡的一切嗎？」

希亞望著他等待回答，那是她最後一次能將裘德記在腦海的機會，他笑著說：

「永遠不要留戀注定分離的事物。」

希亞原本希望他至少在回答自己時能化身為其他的模樣，但是他知道，非得如此才會在對方的心中深深烙印自己的痕跡。

希亞轉身，像逃亡般逃離他。那張希亞最不應該忘記的臉龐，說著要希亞別留戀的模樣，像是宣判罪人的刑期般鑽進希亞的腦海。

希亞不斷奔跑，直到看見熟悉的螢火蟲燈火如濃霧中的路燈般隱約閃爍時，她才停下步伐。希亞心情沉重，凝望燈火，那道微光點亮記憶，朦朧的火光望不清前方，希亞緩緩朝那個地方而去。

越過花樹之後，希亞屏息而立，裘德與西洛閉著雙眼躺在那裡，他們的全身已經被根莖纏繞，儼然成為庭園的一塊，在一部分已經成為樹根的淺褐色髮絲下，鮮花盛開於翠綠的草皮間，西洛恢復嬌小的身軀，他的身體已經獻給遍地野花，在地上編織成美麗花海。

希亞蹲坐在他們的身邊，靜靜地看著他們，難以承受的情緒如滔天巨浪般襲來，希亞覺得頭暈目眩，直到親眼目睹他們成為庭園的一部分時，才真的領悟他們已經離開了自己。

她流下淚水，但她沒有發出啜泣聲，一行眼淚、兩行眼淚，時間靜靜流逝，內心深處傷到化膿的情感緩緩流瀉出來。

希亞猶如告解般，望著兩人的臉龐持續默唸歉語，他們安詳的表情使她心痛萬分，雖然心痛，但她不願移開視線，若是無法記得他們，至少也要將所剩不多的時間原封不動地留在心間。希亞發現裘德左胸口上放了一枝櫻花，她知道是誰放的。

希亞環顧四方，只見華麗的花兒們茂盛生長，隔出一道牆，希亞望向花兒們，折了幾枝花，將其放在莉迪亞所放的花一旁，以及西洛的胸口上。

希亞聽到聲音，抬頭看見夏茲，她凝視夏茲的雙眼，馬上察覺到他的變化。

「是鳳仙花嗎？」

「你……恢復原狀了啊。」

夏茲以燦爛的笑容回應希亞的話。

希亞望著夏茲的微笑看得出神，她端詳著夏茲的面容，他曾如此開朗過嗎？自烏鴉的束縛後解放的夏茲，像是另一名全然不同的少年，用一雙漆黑羽翼控制他的惡魔已不復在，他如同掙脫沉重枷鎖般輕鬆自在，散發光芒，那雙曾經空洞無神，漆黑無盡的瞳孔，如今也好似鑲進星辰般發出光亮。

夏茲望著希亞說道：

「這都多虧有妳。」

這番不像他會說出的話讓希亞有些訝異，但夏茲以真摯的雙眼看著希亞。

「謝謝。」

看見夏茲這般發自內心的致謝，希亞也不自覺露出微笑，希亞看過他痛苦萬分的模樣和陷入絕望深淵的神情，希亞很開心終於能親眼看見他脫下那身沉重黑袍的模樣。

其實希亞沒想到他會對自己道謝，因為當她看見夏茲走向性命垂危的女王身邊時的表情，希亞以為他會怨恨自己，一想起女王，希亞不自覺將視線轉向櫻花樹。

「莉迪亞去哪了？」

雖然向夏茲問道，但並非向他尋求答案，希亞對於莉迪亞僅將櫻花樹枝放在裘德身上就離開感到意外，難道是責怪希亞嗎？因為自己親手殺了女王？還是因為自己的緣故才導致裘德失去性命？

但是夏茲的回答馬上釐清了希亞的猜想。

「公主們回城堡了，因為現任女王死亡，她們之中必須有人成為女王蜂。」

希亞想起莉迪亞說過要起身反抗，找回屬於自己的毒針與翅膀。

「連道別也不說嗎？」

希亞喃喃自語。

「對於要割捨的事物，還是別留戀的好。」

夏茲回答她，這句回答與湯姆所說的格外雷同，她來回看著裘德與西洛。夏茲不再多說一句話，華麗的花雨流淌著寂靜，花香乘風而起。

「鳳仙花是我來到這裡之前，媽媽說要拿它來當指甲油而摘下的花。」

希亞望著裘德和西洛胸口上的花枝。

「有人說，在初雪來臨前，指甲上的色彩仍未掉落的話，願望就會實現。」

那天的記憶，如同朦朧的夢境般在希亞的腦海再次上演，每次回想起當時的種種，皆能感受到對家人的思念與安全感，因此不知從何時開始，她選擇將這段美好的回憶深埋於心，如今希亞總算能放心回想起這些片刻。

一想到能回到人類的世界，希亞的內心就激動不已。

希亞轉頭望著夏茲。

「夏茲，如果我離開之後會忘記這裡的話……」

希亞躊躇不決地開口。

「這裡也會忘記我嗎？」

雖然不要留戀注定要分離的事物，但這對希亞來說相當艱難，她難以輕易接受事實，瀟灑地轉身就走，這裡的一切帶給她太多，也奪走了太多。若是希亞忘記這裡，這裡也忘記她的話，那麼這些片刻又將去哪裡呢？這些過往會在大家的記憶裡隨風消散，就此不留任何一點痕跡嗎？

希亞無法挪動腳步，等待著夏茲的回答。夏茲緩緩開口。

「希亞。」

希亞睜大雙眼望向他。這是夏茲第一次呼喊自己的名字，那道呼喊名字的嗓音，聽來是那般乾淨純粹。

「我們留在彼此生命裡的蹤跡，雖然會漸漸被抹去，但也別感到可惜。」

夏茲平靜接受離別的話語，讓希亞感到些許苦澀。

「我會永遠將妳放在心裡的一角。」

紛飛的櫻花隨著他說完這句話，變為片片雪花。在雪花陣陣飛揚之下，希亞笑了出聲，那是與夏茲初次相見時同樣的天氣，只不過現在的雪花徐徐飄揚，而且也沒有刺入骨髓的寒冷，希亞張開雙手抱住夏茲，向他道別。

希亞穿越餐廳與庭園，走上第一天之後未曾走過的橋墩，橫跨翠綠湖泊的石磚橋一如往常，只是不像那天滿是螢火蟲的燈火與眾多的妖怪來回走動，現在眼前的這座橋被溫暖陽光包圍，格外平靜。

希亞獨自走過橋墩，沒有回頭望，她下定決心不留下任何眷戀，希亞跑進錯綜複雜的樹木之間，心跳撲通撲通地跳著，她順著記憶找到那棵樹，鑽進樹下的洞穴，然後往下墜落，她這次沒有發出尖叫聲。

熟悉的氣味包圍希亞，她來到拱木外頭，是那座漆黑的森林，天色昏暗，希亞朝外頭加速跑去，路燈的光點閃爍在眼前，當她氣喘吁吁地跑出森林時，那台汽車如夢一般出現在眼前。

希亞恍惚地緩緩打開車門。

「希亞，妳跑去哪裡了？媽媽拿花瓶來了！爸爸忘記放進行李裡面，我把它帶來了。」

坐在副駕駛座的媽媽轉頭望著希亞，露出溫暖的微笑。媽媽一手拿著花瓶，另一手拿著鳳仙花，希亞坐上車，透過車窗看著爸爸搬運行李的模樣。

此時，天空突然飄下雪花，希亞馬上抬頭張望，雪花自森林深處緩緩飄散。

「春天怎麼會下雪，難道是今年的初雪嗎？」

聽著媽媽的玩笑話，希亞靜靜望著那片森林。

《歡迎光臨奇異餐廳3 決戰之日》完結

國家圖書館出版品預行編目資料

歡迎來到奇異餐廳. 3, 決戰之日 / 金玟廷作 ; 莫莉譯. -- 初版. -- 臺北市 : 臺灣角川股份有限公司, 2023.06
面 ; 公分

譯自 : 기괴한 레스토랑. 3, 결전의 날
ISBN 978-626-352-547-4 (平裝)

862.57　　112003917

歡迎來到奇異餐廳

3 決戰之日

原著名　기괴한 레스토랑 3 결전의 날

作者　金玟廷
譯者　莫莉

2023 年 6 月 21 日　初版第 1 刷發行

發行人　岩崎剛人
總監　呂慧君
編輯　黎虹君
設計主編　許景舜
印務　李明修（主任）、張加恩（主任）、張凱棋

台灣角川

發行所　台灣角川股份有限公司
地址　104 台北市中山區松江路 223 號 3 樓
電話　（02）2515-3000
傳 真　（02）2515-0033
網址　http://www.kadokawa.com.tw
劃撥帳戶　台灣角川股份有限公司
劃撥帳號　19487412
法律顧問　有澤法律事務所
製版　尚騰印刷事業有限公司
ISBN　978-626-352-547-4